「そう！　わたしたちは優勝するよ！
そして、この二人が最高最強の
カップルであることを証明しにいくの。
今回のカップルグランプリは
そのための戦いなのだ！」
ねぇ、もういっそつき合っちゃう？
幼馴染の美少女に頼まれて、カモフラ彼氏はじめました

来海十色《くるみといろ》
十色
実はオタクなカーストトップ女子。
普段は出来ないメイドコスプレや、
正市が考えた『ギヌス記録』という
出し物にノリノリ。
まゆ子
兎山まゆ子《うやままゆこ》
人の恋バナが大好物な
占い大好き元気っ娘。
猿賀谷とカップルグランプリに
参加することで
頭がいっぱい。

船見楓
ふなみかえで
春日部ラブな清楚系美人。
文化祭でもどうにか
春日部を振り向かせようと
頑張る。
うらら
楓
中曽根うらら
なかそねうらら
十色の友人でカースト上位の
サバサバ系ギャル。
責任感が強めで、
恥ずかしくてもちゃんと
メイド服を着てくれる
ご主人様の記録、計測します。名北メイドギヌス記録!

「おかえりなさいませ、ご主人様、なんてね！」
十色

ねぇ、もういっそつき合っちゃう？4

幼馴染の美少女に頼まれて、カモフラ彼氏はじめました

叶田キズ

HJ文庫
1076

口絵・本文イラスト　塩かずのこ

contents

ne,mouissa tsukiattyau?
osananajimi no bisyoujo ni
tanomarete,kamohurakareshi
hajimemashita

〈1〉 猿賀谷はいつも、想像の斜め下をいく

『名北祭』出しもの案！

猿賀谷がチョークを走らせると、黒板にはそんな文字が踊っていた。

「さぁさぁみんなぁ！　お待ちかねの学園祭、クラス一丸で盛り上がっていこうじゃあないか」

そう言って、猿賀谷は教壇《きょうだん》から教室をぐるりと見回す。

一一月。秋が深まってくると同時に、ここ名北高校《めいほくこうこう》にはどこか浮足立《うきあしだ》った雰囲気《ふんいき》が漂《ただよ》い始めた。何《なに》を隠《かく》そう、月末に学園祭が控《ひか》えているからだ。

普段《ふだん》授業を受けている校舎の中で起こる、二日だけの非日常。学校行事に特段興味がない俺《おれ》でも、その日ばかりは少し意識してしまう。

今日はクラスの学祭準備の初日である。放課後、夕陽《ゆうひ》に染まる教室で、俺たちはクラス全員で残って出しものを何にするか考えていた。

クラスに一人、選出しなければならない学祭委員。それに自ら立候補して前に立っている猿賀谷は、やる気十分といった感じだ。

出し物か……。

まぁ、特に意見もない俺は、クラスの決定に従うまでである。できたらなるべく手がからないものがいい。放課後の趣味《しゅみ》の時間が削《けず》られるのは勘弁《かんべん》だ。

そんなことを考えつつ、俺は今ハマっているゲームの攻略法《こうりゃくほう》に思考を戻《もど》そうとする。しかし、少し気になる言葉が耳に入ってきてしまう。

「さてさて。そこで、今日はみんなで我《わ》が一年一組の出し物を考えようってわけだが。何かあるかい？　なければ、学祭委員として提案をさせてもらおうと思うんだが」

顔を上げると、猿賀谷がかすかに口角を上げながら、再び俺たちを見回している。

こいつ……何か企《たくら》んでるな……？

猿賀谷のことだ。どうせ何か変態なことを考えているのだ。

それに、俺はこの展開に心当たりがある。ラノベだか漫画《まんが》だかで見たことがあるのだ。学祭回で、クラスの出展内容を決める際、男子勢が結託《けったく》してメイド喫茶《きっさ》を推《お》し、女子勢から顰蹙《ひんしゅく》を買う展開。運よく多数決で勝利しても、本番で男子がコスプレさせられるところまでお決まりだ。

俺と同じアニメ好きの猿賀谷のことだ。

なぜ学祭委員に立候補したのかと訊《き》けば、

『決まっているだろう、そんなもの。この青春の一大イベントを、全力で楽しむためじゃあないか』

なんてまともなことを言っていたが、腹の底では何を考えているかわかったものじゃない。会議を有利に進められる権力がほしかっただけなのではないだろうか。

案の定、問いかけからシンキングタイムの間も与《あた》えず、猿賀谷が口を動かす。

「じゃあ。体操服寿司《すし》屋《や》、ってぇのはどうだい？」

瞬間《しゅんかん》、室内の空気が瞬間冷却《れいきゃく》されたような、強い冷えこみを感じた。

だいたいメイド喫茶くらいかと思っていたら、想像の斜め下すぎる。どんな単語の組み合わせだ……。

野次《やじ》を入れる女子すらいない。テンプレなら歓声《かんせい》を上げて団結する男子勢でさえ、若干《じゃっかん》引いている。猿賀谷と一緒《いっしょ》にクラスの女子から白い眼を向けられる勇気のある者はいなかった。

「詳《くわ》しく説明させていただこう」

そして、誰《だれ》も訊いていないのに、猿賀谷は語りだす。

「まず、せっかくの高校の学祭だからなぁ。学生にしかできないことをやりたいと考えた。そこで学生用体操着の出番ってなぁわけだ。聞く話では、そいつぁ大人になったら中々現実でお目にかかれなくなるものらしい。触《ふ》れられるとしたら基本、紛《まが》いもの。そこで来賓《らいひん》の方々に、またこれから大人になっていく男子高校生たちに、最高の思い出を残してあげようじゃあないか」

「……よ、よくわからないが、寿司屋《すし》っていうのは？」

教室前方に座《すわ》る真面目系男子――学級委員長の鈴木《すずき》が、手を上げておそるおそる質問をする。

「そいつはとてもいい質問だ。これは売上面で学祭に貢献《こうけん》――そこで数値をばっちり示しクラス展示での最優秀《さいゆうしゅう》賞を狙《ねら》いにいく作戦ってなぁわけだ。やるからには最高の賞、ほしいだろう？」

「寿司だと売上があがるのか？」

「そりゃあそうだ。焼きそば一つ売って数百円、なんて商売じゃあない。一度店に入れば数枚数十枚皿を重ねるのが寿司だろう？　それに値段も、こちらの言い値が通りやすい。メニューに時価なんて書かれていた日にゃあ、一般人《いっぱんじん》の俺なんて店の前も通れないってもんだが――そこを利用する。こっちには優秀な職人さんが揃《そろ》っているからなぁ。女子高生の柔《やわ》らかい手で握《にぎ》った、できたてのお寿司。女の子がこの時期にしか作れないお寿司にゃあ、どんな価格がつくのか。それこそ時価ってもんじゃあないかい？」

「……つまり端的《たんてき》に言えば、『女子高生の握った』を付加価値にしたお寿司を、主にご来賓や保護者の男性向けに販売《はんばい》して利益を得ると」

「話が早くて助かるよ。正確に言えば、体操服姿の女子高生が握った、だが」

鈴木くんが、助けを求めるようにクラスメイトたちを振《ふ》り返る。

「そ、そんなの大丈夫《だいじょうぶ》なわけないでしょ――？」

鈴木くんの後ろに座る女子が、手を上げずそう発した。どうやら顔の向き的に猿賀谷ではなく、入口の近くで成り行きを見守っていた担任の男性体育教師――升鶴《ますつる》先生に訊《たず》ねているらしい。

「先生！　どうですかい？　先生ならわかってくれると信じてます！」

これはさすがに猿賀谷の分が悪すぎる。そう俺が思っていると、白いポロシャツ姿の升鶴先生が太い腕《うで》を組みながら口を開く。

「根本、学祭では生ものの提供は禁止されている」

「かぁっ、そこかぁ」

悔《くや》しそうな声を上げる猿賀谷。

ほんとに「そこかぁ」、だ。先生、ツッコむのそこでいいのか⁉

「基本的にはキミたちに任せているが、ルールは守らないとなぁ」

しかし俺の思いをよそに、升鶴先生は一人納得《なっとく》したかのようにうんうん頷《うなず》いている。

ダメだ、先生、自主性を求めるのはいいけれど、初めから癖《くせ》が強すぎる生徒がいることも覚えておいてくれ。

「じゃあまぁ、寿司は諦《あきら》めるしかないなぁ。体操服に何を掛《か》け合わせるのがいいか。いい案はあるかい？」

言って、再び教室を見回す猿賀谷。体操服は外さないのか……。

ただまぁ、クラスメイトたちの方は、伊達《だて》に半年以上同じクラスでつき合ってきていない。みんな猿賀谷の扱《あつか》いには慣れていた。こういうときは基本的に、なき者として扱う。

「先輩《せんぱい》から聞いたんだけど、去年はお化け屋敷《やしき》が人気すぎて五ヶ所以上あったらしい」「マジ⁉　ホラータウンじゃん」「去年の最優秀賞はなんだったの？」「なんか、ファッションショーやったらしいよ？　体育館に作ったランウェイで、流行《はや》りの服を、女装、男装で」「あ、それ、めちゃめちゃウケたって噂《うわさ》だよ」

そう、ぽつぽつと声が上がり始める。

「あんまりさ、準備に手間がかからないものがいいな。大会前で、部活の方が忙《いそが》しいから」

そう、クラスのリーダー格のサッカー部の男子が述べると、「それなー」「俺もバイトで時間ない」などと同意を示す発言が出る。

確かに、趣味の時間が削られるのは避《さ》けたい。俺も同意見だなと考えていると、クラスメイトの中では割と馴染《なじ》み深《ぶか》い声が教室に響《ひび》いた。

「あたしはさー、当日に自由のきく出しものがいいんだけど」

決して大きくはないが、よく通る声だ。席の近い者同士で会話していた奴《やつ》らも、話すのをやめ、彼女《かのじょ》の方を窺《うかが》う。

空気に凛《りん》と浸透《しんとう》するようないい声音《こわね》だが、逆に変な緊張《きんちょう》感を周囲に与えてしまう効果もあるようだった。

声の主である中曽根《なかそね》も、その空気は意図したものではなかったのか、腕を組みながらも若干気まずそうに目を横に逸《そ》らしていた。

「あ、あー、他のクラスの出しものも見て回りたいもんねー」

十色《といろ》がそう、フォローを入れる。

「そうそれ！」

中曽根がすぐにそれに乗っかり、クラスの緊張がふっと緩《ゆる》んだ。またぽつぽつと、出しものについて話す声が聞こえだす。

にしても、だ。

準備に手を取られたくない派と、本番当日に拘束《こうそく》されたくない派の二派閥《はばつ》の存在が明らかになった。どうも、学祭に向けて一致《いっち》団結という雰囲気ではない。まぁ、気持ちはわかるが……。

最初やる気十分だった猿賀谷も、顎《あご》に手をやり何やら考えこむような仕草を見せている。

「はいはーい！　じゃあ、案を出すだけ出して、多数決って感じかい？」

話を進めるため、廊下《ろうか》側《がわ》の席のまゆ子が手を上げて言った。

「そうだな。民主主義は大切だ。じゃあまぁ、ひとまずみんな案を出してほしいんだが

――」

猿賀谷の言葉に、一段と教室内ががやがやしだす。

民主主義の多数決。俺は大いに賛成である。特に意見がないので、多数の人が支持する

ところに落ち着いておけばいいので楽なのだ。その代わり、決して文句は言わない。他の

人にいろいろと選んでもらっているので、口を出す資格はないとしっかり理解している。

適当な案をぽつぽつ出して、多数決。流れ決まったな。

ということで、俺は再びゲームの攻略《こうりゃく》法に思考を巡《めぐ》らせることにする。集中しようと机

の上に視線を落とした、そのときだった。

「――そんじゃあ、正市《まさいち》。何か案はあるか？」

そう俺の名前を呼ぶ声が、耳に飛びこんできた。

俺は慌《あわ》ててがばっと顔を上げる。同時に、周囲の視線が俺に集中するのを感じた。声の主――猿賀谷の方を見れば、奴はニッと口角を上げた笑《え》みを送ってくる。

「……俺？」

念のため、訊ねてみる。

「もちろんじゃあないか。お前さん得意だろう？　何か、省エネな案を考えるの」

「別にそうでもないが……」

そんなこと公言した覚えもないし、特に実績を作ったこともない。ただ、俺が基本的に面倒《めんどう》ごとを避けるタイプであることを知っていて、猿賀谷は俺に振ってきたのだろう。

猿賀谷はまだこちらを向いていて、俺の答えを待っているらしい。

けど、いきなりそんな案を求められてもな。何も思いつかない……。

この場をどうやって切り抜《ぬ》けようか。若干の焦《あせ》りを覚えながら俺が考えていると、ふと斜め前の方からひと際強い視線を感じた。

ちらと見れば、三席離《はな》れたところから、十色がじっとこちらを見つめている。どこか心配そうな表情だ。

俺はふぅと密《ひそ》かに息をついた。大丈夫だと、彼女に一瞬《いっしゅん》のアイコンタクトを送っておく。

ここは十色の彼氏《かれし》（仮）としても、しっかりやらねば――。

「……記録――名北ギヌス記録、っていうのはどうだ」

俺はぱっと浮かんだ案を、頭の中でまとめながら話す。

「ギヌスってぇと、あの世界一のいろいろな記録のことかい？ ……名北ギヌス？」

「ああ、そうだ、そのギヌスだ。実際のギヌスにあるものや、俺たちが考えた種目を教室内にセットし、記録を測定していく。それで、最高記録を掲示《けいじ》、更新《こうしん》していくんだ。学祭終了《しゅうりょう》時に、各種目の記録保持者を表彰《ひょうしょう》、景品を渡《わた》す。実際のギヌス記録にある種目では、本物の記録も掲示し、その記録更新を目指してもらったりすると盛り上がると思う」

「ほぉ」

猿賀谷が相槌《あいづち》を打ってくれ、俺は続ける。

「これなら準備は種目を考えてそれに必要な道具を用意するだけ。あとは前日に会場のセッティングか。当日も、受付と各種目に一人当番がいれば、あとの人たちは自由にできる」

今度は教室のところどころから、「ほー」とか「おぉ」とか反応が聞こえてくる。悪印象ではなさそうだ。どころか……。

「結構いいんじゃね？」「うん、アリ」「普通《ふつう》に面白《おもしろ》そうなんだけど」「確かに手間は少ないよね」

結構、いい感じのコメントが耳に入ってくる。

「中々上出来なアイデアじゃあないか」

言って、猿賀谷が「名北ギヌス記録」と黒板に書きこんだ。

……ちょっと待て。こうも反応がいいと、ちょっと話が変わってくる。このままもしこの案が通ってしまったら……。

俺が心配しつつ見守る前で、他の生徒たちもぱらぱら案をだし始める。

教室内遊園地や、スマホを使った次世代美術館など。面白そうな案もいくつかあったが……。

「多数決の結果——一年一組の今年の学祭の出しものは、名北ギヌス記録に決定だ！　みんな、頑張《がんば》るぞ？　提案者の正市、ぜひぜひ準備に協力を頼《たの》むぜい」

その楽さに惹《ひ》かれたか、準備や当日に手間がかからないところが評価されたのか。俺の提案が、一番票を集めてしまった。

そしてさっそく猿賀谷から、話を振られてしまう。

クラス全員の前で、断りの文句を述べられるはずもなく……。

俺が出した案に決定してしまえば、言いだしっぺとして積極的に学祭準備に参加しなければならないような雰囲気になってしまうのは自明の理だった。実際、強制力はないのだが、見えない責任を背負わされたような気分である。

くそう。やはり却下《きやつか》されるのが明らかな案を適当に出しておくべきだったか。趣味の時間が……。

そんなことを考えながら、俺は密かに肩《かた》を落とす。

すると、また斜め前の方から視線を感じた。

顔を上げると、振り返っていた十色と目が合う。十色はハッと目を大きくし、それから笑って小さなガッツポーズを作ってみせてきた。

少し、気分が軽くなる。

――まぁ、いいか。彼女が嬉《うれ》しそうなら……。

きっと十色も、準備を手伝ってくれる。なんだかんだその時間は、楽しいものになると思う。

「それじゃあ、明日の放課後から準備開始だ！　他にも実行委員として学校規模でいろいろ考えてるからなぁ。今年の名北祭は絶対に盛り上がる！　期待しててくれってことよ！」

そう猿賀谷が締《し》めくくり、会議は終了となった。

みんなそれぞれの放課後をすごすために、席を立つ。

いつもより遅《おそ》い時刻の解散。そのときふと、俺は胸がふわふわするような感じを抱いた。中学のときにはなかった感覚だ。

自分でも意外なことに、どうも俺もこの非日常感に少し浮足立っているのかもしれない。この学祭、クラス展示、絶対成功させてやる！　などという気概《きがい》まではないが、それなりに楽しめればいい。

立ち上がり友達と話す彼女の後ろ姿を眺《なが》めながら、俺はぼんやりそんなことを考えていた。

〈2〉 お部屋でできる刺激的チャレンジ

「やー、災難だったねぇ。いきなりあてられて、案を発表してって」

「ほんとにまさかだ。それにそのまま採用されてしまうとは……」

出しものを決める会議が終わり、その帰り道。

校門を出たところで、十色《といろ》がさっそく先程《さきほど》の話を振ってきた。周りには俺と十色以外誰もおらず、特に気兼《きが》ねなく話すことができる。

「それだけいい案だったってことだよ。あの短時間でよく思いついたよね」

「ああ、まぁ……」

「学祭に時間を割《さ》けない人たちのことも考えつつ、他のクラスとはかぶらなそうな意外性のあるアイデア。当日の盛り上がりも期待できて――ほんと満点だよ。他のクラスもびっくりするんじゃない？」

「いやいや、褒《ほ》めすぎだろ」

まぁ、気分は悪くないが。

「みんなそろそろ正市《まさいち》の隠れた才能に気づいちゃうね。一組の、黒幕の正体に――」

「どこの頭脳戦アニメだ！」

そんな俺のツッコみに、十色があははと笑う。俺も前を向いて歩きながら、つられてふっと呼気を揺《ゆ》らした。

最近、登下校の際、肌寒《はださむ》さを感じるようになってきた。先月の終わりに台風がきて、それからがくっと毎日の気温が下がったのだ。いつもより陽が落ちている時間帯の帰り道だからか特に、今日は吹《ふ》きつける風が冷たく感じる。

そんな寒さに負けず、俺の隣《となり》でご機嫌《きげん》そうにぴょこぴょこ弾《はず》む歩調で歩く十色。ブレザーの袖口《そでぐち》からは、手を半分隠すように白いカーディガンの袖がのぞいていた。

「実は、このギヌスの案を思いついたの、十色も関係してるんだ」

俺がそう口にすると、十色がこちらを振り向いて目をぱちぱちとさせる。

「わたし？」

「ああ。ちょうど猿賀谷《さるがや》に指名されたとき、最近やってるゲームのこと考えててな。ほら、あの崖《がけ》を登っていくやつ」

「あー、うんうん！　今日もやろーって言おうと思ってた！」

それはとあるＲＰＧの中でプレイできる、ミニゲーム的な位置づけの簡単なゲームだった。ゲームのキャラで険しい崖を登っていき、そのスピードを競《きそ》うというシンプルな内容である。とはいえそのクオリティは高く、世界中でハマる人が続出。攻略動画がアップされるも、次の日には新しい手法が考案され記録が塗《ぬ》り替《か》わるという繰《く》り返しが、連日続いていた。つい一時間前にも、最速記録を出した証拠《しょうこ》写真がSNSで拡散されたばかりだ。

きっと一時的なブームで、すぐに飽《あ》きてしまうんだろうが……。

今は十色とそのゲームに沼《ぬま》り、寝《ね》る間も惜《お》しんで攻略法を考えていた。

「ああ、帰ってからやろう！　それでまぁ、その攻略法——世界記録の塗り替え方を考えてて、そのときに猿賀谷に呼ばれたから」

「あー、なるほど！　それでか！　世界記録＝ギヌス記録みたいな？」

十色がぽんと手を打って言う。

確かに、記録という連想はあったかもしれないが……少し違《ちが》った。

「や、なんというか……これなら十色も楽しめるかなと思って」

「えっ」

「ゲームで記録を狙って一緒にあーだこーだやってるとき、いつも楽しそうだったから——」

咄嗟《とっさ》に俺は、何か記録を作るような出しものはできないかと考えたのだ。それなら十色や俺も準備のときに挑戦《ちょうせん》したりして、楽しめるのではないかと。そして出てきた案が、ギヌス世界記録に挑戦、だったのだ。それだけでは出しものとしてもの足りないかと思い、種目を実際のギヌス記録以外で創作する、景品を用意するなどのアイデアをまとめて発表した。

「それって……」

十色は驚《おどろ》いたように目を大きくする。それからすぐににやっと笑い、俺の腰《こし》をぱんっと強く叩《たた》いてきた。

「よっし！　それじゃあさっそく帰ってなんの種目出すか考えよう！　作戦会議だ！」

「お、おう。えっ、ゲームは？」

「そんなのあとあと！　せっかく正市がわたし――彼女のためを思って案を出してくれたんだから。こっちもそれに応えないと！」

「一緒に考えてくれるのはとても助かるが……」

「決まりだ！　じゃあ早く帰ろう！　走って帰ろう！」

「は、走るのか⁉　待てまて！」

俺の制止に構わず、十色がたたたっと俺の前に出て、えへへと笑う。嬉しそうに細められた目に、若干火照《ほて》ったように色づいた頰《ほお》。

名北ギヌス記録の提案が最も刺《さ》さってほしい部分に刺さってくれたみたいで、俺としては満足だった。

「あんまり急ぐと疲《つか》れるぞ」

俺も嬉しい気分になりながら、十色の隣に並ぼうと大きく足を踏《ふ》み出した。

＊

一旦《いったん》それぞれの家で晩ご飯を食べたあと、俺と十色は俺の部屋に集まった。二人とも、部屋着に着替《きが》えている。

「いい案一〇個思いつくまで帰れまてん、だからぁ！」

「いやここ家だろ」

十色に関しても、俺の部屋に荷物を置きまくってるし、多分帰らなくても苦労はしない。

とりあえず既存《きそん》の記録にどんなものがあるのか、俺はパソコンで、十色はスマホで調べ始めた。

「Tシャツを二六〇枚重ね着、頭の上にトイレットペーパーを一二ロール積み上げて三〇秒、一分間で便座を頭突《ずつ》きで四六枚割る……」

十色がぶつぶつと読み上げる。

「それは、なんというか……」

「言葉を選ばず言うと——なんというか……」

「結構溜《た》めたな⁉　でもまぁ、ほんとになんというか……だよな」

お互《たが》いに言いたいことはなんとなくわかる。ギヌス記録、想像以上に変わっている……くだらないものが多かった。

「この記録を持ってる人たちが、これを自慢《じまん》に——誇《ほこ》りに生きてるってのが面白いよね」

と十色。

「なんてったって世界記録だからな。俺は好きだぞ、そういうの」

「わたしも好きだ。わたしも、世界一長くトイレに座った女の称号《しょうごう》を持って生きていきたい！」

「そんなギヌスもあるのか……」

「かくれんぼで、隠れ続けた最長記録とかもあるよ？」

「それはお前、得意そうだな」

幼い頃《ころ》、十色と二人でかくれんぼをして、あんまりにも見つからずに諦めてしまいそうになった記憶《きおく》が蘇《よみがえ》る。そのギヌスでも、みんなギブアップして帰ってしまった説あるんじゃないか？

「ねね、なんか挑戦してみようよ！」

十色が言って、俺は「ああ」と頷く。

俺たちはこの場で挑戦できそうな種目を探し始めた。この部屋で挑《いど》めるということは、おそらくそれは学祭の教室展示でも使える。これは、と思うものをピックアップしておくことにする。

「一分間で鉛筆《えんぴつ》を何本立てられるか。一分間で顔に何枚付箋《ふせん》を貼《は》れるか。一分間で顔の上に重ならないよう何枚のコインを載せられるか……」

「付箋ならあるよ！」

十色がよっと立ち上がり、俺の机の引き出しを開ける。筆記用具やノート、ハサミやコンパスなどが雑多に散らばる中から、黄色の付箋を見つけて取り出した。正方形のポストイットだ。

「よくここにあるって知ってたな」

「ふっふっふ。勝手知ったるもんですよ」

前にペン借りるときにちらっとねー、とつけ加えつつ、十色はローテーブルの前に移動する。

「やるのか？」

「もっちろん！　正市、時間計ってくれる？」

「オーケー。でもちょっと待て、レギュレーションを確認《かくにん》する」

俺はブラウザの検索欄《けんさくらん》に素早《すばや》く文字を打ちこんだ。その間、十色は部屋着のスウェットを腕まくりしている。

「付箋は取りやすいように最初に剥《は》がして机に貼っておく。両手を使ってもよい。終了後、一〇秒静止したのちに、剥がれ落ちていない付箋の枚数を数える」

「世界記録は？」

「六〇枚だ」

「よっし！　十色さんに任せろ！」

前髪《まえがみ》を大きく掻《か》き上げ、やる気十分なようだ。俺はスマホのストップウォッチを開き、一分で設定する。十色がローテーブルに付箋の準備を終え、一度目を瞑《つぶ》って深呼吸をした。

集中力を高め——カッと目を開く。

「こいっ！」

「スタートっ！」

十色の合図と共に、俺はストップウォッチのスタートマークをタップした。十色が勢いよく付箋を顔に貼りつけ始める。

まずは頬、次にこめかみ、髪《かみ》を上げて露《あら》わになっているおでこ、と貼りつけていく。付箋自体が大きいので、すぐに顔が黄色の紙で埋《う》まっていった。

「ダメだ！　もっと、細かく貼っていかないとスペースがなくなる」

「わ、わかった」

「鼻が空いてる！　あっ、右頬のあたり外れて落ちた！」

「了解《りょうかい》！」

付箋で視界が狭《せば》まった十色に、俺が貼る場所を指示していく。

「次、眉間《みけん》だ」

「ふぁ、ふぁい……」

口を動かしたら付箋が剥がれるらしい。十色は唇《くちびる》の隙間《すきま》から喋《しゃべ》る。また、付箋が落ちるのを防止するために顔を上向き加減にする。

「十色！　唇も貼れるぞ」

その俺の言葉に、十色が唇を突《つ》き出す。

付箋を顔いっぱいに貼りながら、タコのように口を尖《とが》らせつつ、しかしその表情は至って真剣《しんけん》。鼻息で付箋がぴろぴろ揺れている。

そのシュールな絵面に、俺は思わずふふっと笑ってしまう。

すると十色の方も実は耐《た》えていたのか、くくくと肩を震《ふる》わせ始めた。

「ふ、ふぉ、まはいひ！　ひゃへて、ふぁらわないれ」

もぅ、正市！　やめて、笑わないで、とのこと。その喋り方も面白く、笑ってしまいそうになった俺は顔を背《そむ》ける。対して十色も、釣《つ》られ笑いを堪《こら》えるのに必死になっていた。

顔がぴくぴくと小刻みに揺れ、また付箋が落ちる。

そこで、ブーブーとスマホが震え、一分の経過が知らされた。本当に、あっという間だった。

「と、十色、一〇秒ストップだ」

規定の時間を置いたあと、俺が付箋を剥がしていく。

「一、二、三、四……」

目を瞑った十色の顔から、一枚ずつ付箋を取り除いていく。シールの粘着《ねんちゃく》から解放されるにつれ、強張《こわば》っていた十色の表情もだんだん緩んでいく。

「二五、二六、二七……」

「……二七？」

十色が薄《うっす》らと目を開ける。

「えっ、これで終わり？」

「ああ、記録二七枚だ」

「全然ダメじゃん⁉」

十色は驚いた顔をし、それからローテーブルにだらんと突っ伏《ぷ》した。その体勢のまま、またふっふっふと笑いだす。

「もー、正市が笑かすから」

「すまん。いや、真剣に変顔してたから」

「真剣に変顔してたのかわたし⁉　なんかそう言われると恥《は》ずかしいな」

さっきの顔を思い出し、また笑ってしまいそうになるのを、俺はなんとか堪える。

「あー、付箋マスターの称号が……」

「ほんとにほしかったのかその称号」

「むぅ……。仕方ない。付箋マスターの座は名北祭で争ってもらうとして、わたしは付箋の似合う女、で」

そう言って、十色はローテーブルに顎を乗せたまま、付箋を一枚おでこにぺたっと貼って見せてくる。

冷静に考えて、十色はどちらかといえば顔が小さい方なので、この競技には向かなかった。本当に記録を狙うなら俺がやるべきだったかもしれない。

「ただ、学祭でやると、ちょっと付箋を無駄遣《むだづか》いしすぎちゃうか……」

十色は記録に挑戦しつつも、学祭のことも真剣に考えてくれているらしい。

確かに、種目としての採用は難しいかもしれないが、その問題がわかっただけでも大きな成果である。

彼女は考えながら顎に指を当て——「ええい、見づらい！」と額の付箋を外して捨てていた。

「ねね、今度はさ、何か二人でできるやつやってみない？」

言って、十色が身体を起こす。

「ああ、確かに二人でできるやつも見たな。マシュマロキャッチとか」

「そうそう、そんなの！　わたしたちのコンビネーションなら、世界記録なんてさらっと更新できちゃうよ！　ただマシュマロはないからなー」

十色は再びスマホを使って挑戦できるギヌスを探し始めた。俺もまた、パソコンと向かい合う。いい種目はないか、しばしネットの情報を漁《あさ》り——ふと背後が静かなことに気づいた。

振り返ると、スマホ画面を凝視《ぎょうし》する十色の姿が……。

「どうしたんだ？」

俺が訊ねると、十色がはっと顔を上げる。一瞬口をもにょもにょさせるが、一度こくりと唾《つば》を飲み、そしてスマホをこちらに見せてきた。

「み、見て！ わたしたちが挑むべきギヌス記録が出てきたよ」

なんだ？ 俺は前傾姿勢になってその画面に顔を近づける。

「ハグ、チャレンジ……？」

「そう！」

十色は大きく頷く。

「文字通り、抱《だ》き合った時間を競う感じだね」

見ればそれは、恋人《こいびと》と挑戦できるギヌス記録という記事らしい。

「他にもキスチャレンジとか、手錠繋《てじようつな》がりチャレンジとかあるみたいだけど。それはまだ、さすがにねぇ」と、十色は続ける。

キスと、それから……手錠⁉ それはなんというか、難易度レベル一〇〇といった感じだ。

それと比べると、まぁハグならという気持ちになって――。

「……いや待て、ハグ⁉」

やはり俺は、声を出さずにはいられなかった。

「イエス！　恋人同士を演じるわたしたちが、やっておくべきチャレンジだね！」

十色は調子づいてきたように声を弾ませる。

「ハグ……」

「あれ～？　正市くん。恥ずかしいのかな？」

にやにやしながら、顔を覗《のぞ》きこんでくる十色。

「べ、別に。どうせあれだろ？　恋人ムーブだよ、だろ？」

「あはは、わかってるねぇ」

「長いつき合いだからな」

俺が言うと、十色はもう一度うははと笑う。その笑顔《えがお》を見ていると、なんだか釣られて楽しくなってくる。

「記録は何分だ？　何時間？」

「一日と二時間二六分」

「桁《けた》が違った⁉」

「ちなみにキスの方は、五八時間三五分」

「え、修行《しゅぎょう》？」

悟《さと》りでも開くつもりなの？　もしくは、不眠不休《ふみんふきゅう》の鉄人ギヌスの間違《まちが》いなのでは……。

「やー、今日はオールだね」

「おい待て、準備不足がすぎる。そもそも明日学校だろ」

「えー。じゃあまぁ、とりあえずやってみよ？」

十色がそう言って立ち上がる。

「立ってやるのか？」

「そうみたいだよ」

一歩こちらに近づいた十色が、両腕《りょううで》を広げてみせてきた。

「ん」

短く急《せ》かすように言われ、俺も立ち上がる。

いいん、だよな……？

おそるおそる腕を広げ、十色の身体に自分の身を寄せる。

「……なんというかさ、恋人たちの儀《ぎ》って感じじゃない？」

「あー」

なんとなく、十色の言いたいことはわかる。普段の恋人ムーブと比べ、なんだかこの行為はとても神聖なものに思えた。

「いいよ、執《と》り行って」

「なんだその誘《さそ》い方」

十色なりの、力の抜き方だったのかもしれない。俺は軽く笑い、リラックスしながらゆっくりと、すっぽり胸に収まった彼女を優《やさ》しく抱き締める。

——瞬間、柔らかに揺らめく炎《ほのお》に囲まれた情景が、脳裏《のうり》に浮かんだ。

ああ、これだ……と思う。

ふわふわと柔らかい。服の上からでも身体の細さがわかる。髪から甘《あま》いいい香りがする。

そして、胸も当たってる……。

あんまり強く抱き締めると壊《こわ》れてしまいそうで、でももっとぎゅっと抱き締めたくて。ちょっとずつ力をこめてみて、けどふわふわすぎてやっぱり不安になって。

篝火《かがりび》祭りの際に覚えたそんな感覚が、ふとしたとき、たまに蘇ってくることがあったのだ。あの日の篝火の輝《かがや》きが、まだ鮮明《せんめい》に残っている。そして思い出す度に、また彼女を抱き締めたくなる。

「まさいち……」

そう呟《つぶや》きながら、十色がぎゅっと力をこめてくる。そこでようやく俺も、ぎゅっと抱き締め返すことができた。

まさか今日、こんな形で、再び十色を抱き締められる機会が訪《おとず》れるなんて。

俺たちは仮初《かりそめ》の関係だけど……一旦それを忘れたくなるほどの多幸感だ――。

☆

――ヤバいヤバいヤバい！　ドキドキが止まらなすぎて。今までにないくらい――。

わたし――来海《くるみ》十色は、正市と抱き合いながら、一人プチパニックになっていた。

ぎゅってしちゃった。やっちゃった。やばい。ドキドキしてるのバレちゃいそう。

あったかい。正市のにおいする。こっそりと鎖骨《さこつ》の辺りに顔を埋めていると――ちょちょっ、抱き締め返された。瞬間、頭が真っ白になる。

これが、好きな人とのハグ……。刺激《しげき》が、強すぎる……。

先日の篝火祭りでの出来事をきっかけに、正市のことを「好き」と認識《にんしき》した。それから初めての、本格的な恋人ムーブだった。

……や、これは恋人ムーブにしては大胆《だいたん》すぎる。

ハグチャレンジのギヌスを見つけた瞬間、やりたい！　って思ったのだ。その気持ちを止められず、思わず誘ってしまっていた。

そして、好きになった人との初めての接触《せっしょく》的恋人ムーブ。想像以上の破壊力《はかいりょく》だった。この上ない、幸せ。

もし本物の関係でこれをやったら、いったいどうなっちゃうんだろう……。

顔にこすれる、彼の服の毛玉すら愛《いと》おしい。そっともう一度彼のにおいを嗅《か》ぎながら、わたしはそんなことを考えていた——。

＊

「……今、何分くらい経《た》った？」

十色を抱き締めながら、俺は耳元で話しかけた。

「ん……。あれっ、何分？」

「待て、俺計ってないぞ⁉」

「わ、わたしも……」

十色とハグをするという事実に意識が向いており、一番重要なはずの記録の計測が頭から抜けていた。そしてそれは、十色も同じだったらしい。

何をしてたんだ、俺たちは……。

「——まぁ、いいんじゃない？」

十色がそう、呟くように言った。

「いい……のか？」

「うん」

頷き、きゅっと俺の服を握りながら、また少し身体をくっつけてくる。

「お、おお」

まぁ、十色がそう言うのならいいのだろう。考えつつ、俺も伝わってくる彼女の体温に、再び身体を馴染《なじ》ませようとした。

そのときだった。

こんこん、と部屋にノックの音が響いた。

瞬間、俺たちはばばっと距離《きょり》を取る。すると返事を待たず、ドアが大きく開かれた。

「ねぇ、あんたたち——ん？」

顔を覗かせた俺の姉の星里奈《せりな》が、眉《まゆ》をひそめて俺と十色の顔を交互《こうご》に見る。俺と十色はお互い顔を逸らしながら、素知らぬ表情を作っていた。……ただ十色さん、口笛吹く仕草は犯人がやるやつなんだよなぁ。

「んー？　……ふーん」

しばし俺と十色の表情を観察していた星里奈が、

「……あんた、前科がつく五秒前だったでしょ」

なぜか目を細めて俺を見ながらそんなことを言ってくる。

「犯罪者を見る目を弟に向けるな。俺は潔白だ」

「いやいや、あたしが入ったときめちゃめちゃ動揺《どうよう》してたじゃん。怪《あや》しすぎ。とろちゃん、何もされてない？」

「それはお前がいきなり入ってくるからだろ！　何もしてねぇ」

「あたしはとろちゃんに訊いてんの！」

星里奈にキッと睨《にら》まれ、俺は一旦口を閉ざし、十色の方に視線を向ける。

「わ、わたしは大丈夫！　……だし、そもそもわたしたちつき合ってるから……特に問題ないよ？」

少しもじもじしながら、十色がそう答える。言葉を選びながら恐るおそる、かつ、最後はちょっぴり上目遣《うわめづか》いで。

その表情も相まってか、星里奈には効果があったようだ。

「お、おお、そっか。こりゃ、お邪魔《じゃま》しちゃったのはあたしの方だったか……」

確かに、その通りなのだ。俺と十色は外聞的につき合っていることになっている。だから別に、抱き合っているところを見られたって、堂々としていればいいのだ。ついハグに夢中になっていて、いけないことをしているような感覚になってしまっていた。

しかしながら……。

——つき合ってるから、特に問題ないよ？

照れたような表情、声音で発せられたそのセリフは、俺にも効果抜群《ばつぐん》だった。思わずドキッとしてしまった。

「ごめんごめん、せーちゃん。邪魔なんかじゃないよ！　今、学祭の準備をしてたところだったの」

十色がそう、話を続ける。すると星里奈がぽんと手を打って、ぴっと十色を指さした。

「そう、それだよ！　学祭！　今年はいつやんのか訊きにきたんだよ」

「えっ、せーちゃんくるの？」

「うん。時間があったら。友達と、学生時代を思い出したいなーってさ」

げ、くんのかよ……。俺が渋《しぶ》い顔をしていると、またぎろっとした星里奈の視線が飛んでくる。

一応、星里奈は名北高校《めいほくこうこう》のＯＢである。学祭を卒業生が見にくるのは、特におかしなことでもないのだが……俺の姉の場合は事情が違う。

当時、星里奈は地元でも超有名《ちょうゆうめい》な不良だった。学校どころか、警察にもマークされていたほどだ。姉がくるとなれば学校の教員たちがざわつくのは間違いないだろう。つれてくるのも、不良だった友達だろうし。さすがに大人になって迷惑《めいわく》をかけることはないだろうが……ないよね？

「あんたたちの出しものも見に行くからねー」

俺の心配も知らず、呑気《のんき》に笑って星里奈が言う。それから、何か思い出したように続けた。

「あっ、あんたら、あれやるの？」

「あれってなんだよ」

そう俺が訊き返すと、

「あれだよあれ。あのカップルでやる――名北高校の伝説の……」

星里奈は思い出そうとするように、目をぎゅっと瞑ってこめかみに指を当てる。

「また、名北の七不思議的なやつか……？」

以前、伝説の桜の木の下で愛を語り合うと～、という名北高校の七不思議を、星里奈に教えてもらい実行したことがあった。あれはあれで胡散臭《うさんくさ》いものだったが、他にもまだあるのか……。

しかし星里奈は思い出せない様子で、んーと眉間に皺《しわ》を寄せている。

「頑張《がんば》れ！　せーちゃん！　あの頃を思い出して！」

十色は知りたいらしく、星里奈を応援《おうえん》している。

だが、厳しいだろう。

「無理だろ。何年前の話だよ。古《いにしえ》の記憶すぎるだろ」

「あんだとこらクソ弟。まだギリ一〇年経ってないわ」

怒《おこ》りながらも、やはり中々思い出せない星里奈。

「ま、また思い出したら連絡《れんらく》するよ……」

しばらく粘《ねば》るも、結局最後はそう言って、部屋を後にしようとする。

「何卒《なにとぞ》よろしくお願いします！」

そう恭《うやうや》しく頭を下げる十色に笑いながら、ドアを開けたところで、「あ」と小さく呟いた。

「あんたたち、部屋着でも買ったら？　お互いそんな服じゃ、ムードもへったくれもないんじゃない？」

振り返り、俺と十色の格好を見回す。俺と十色は二人して、自分の服に目を落とした。

寒くなってきて、二人とも少し厚めのスウェット姿だ。中学二年くらいのときから着ており、毛玉だらけでもろもろの……。

「またいい感じのやつペアで買ってきてあげるよー。大事なだいじな妹のためにねー」

そう言ってひらひらと手を振り、星里奈は部屋から出ていく。

俺と十色は顔を見合わせた。

「……あー、別にこの服で慣れてるんだけどな」

と俺が言うと、

「うん。まぁ、部屋着だしねぇ。わたしは好きだな」

と、十色がスウェットの袖を口元にあてる。

「俺たちしかいないんだし、いいよな」

「うん。二人の秘密！」

そう言って十色が楽しげに笑い、俺はその言葉にまた少し鼓動《こどう》が高鳴るのを感じるのだった。

〈3〉 ちょっとアオハルでもしとこっかなー

『今日の放課後、面白いことを発表するぜい？　正市《まさいち》の旦那《だんな》にはもってこいのもんだ』

それは昼休みに猿賀谷《さるがや》から届いたメールだった。奴は委員の仕事で忙しそうにしており、今日も会議とやらに出向き教室には不在である。

何か、話し合いの中で盛り上がる企画《きかく》でもできたのだろうか。にしても、俺にもってこいって……？

学祭準備がスタートし、三日が経った日のことだった。

そして放課後、学祭実行員による校内放送で、すぐに猿賀谷の言っていた内容が明らかになる。

『学祭実行委員会からお知らせです。学祭当日、『名北カップルグランプリ』を実施《じっし》することが決定いたしました。詳細《しょうさい》は、昇降口《しょうこうぐち》の掲示板《けいじばん》にこのあと掲示します。全校のカップルたち、二人の愛を確かめるため、ぜひぜひ奮って参加をご検討ください——』

＊

「『名北カップルグランプリ』。今年考案され、これが第一回。頭脳、体力、ルックスなど、さまざまな審査《しんさ》から名北ベストカップルを選ぶ大会である。男女ペアであれば、つき合っていなくても参加可能。優勝カップルには、トロフィーと、名誉《めいよ》と、食堂で使える金券一万円分が渡される」

十色《といろ》がそう話すのを、隣で歩きながら俺は「ふむふむ」と聞いていた。

放課後、学祭の準備に参加して、今はその帰り道だ。ギヌスの種目を練りつつ、猿賀谷と学級委員の指揮でちょくちょく出しものの看板なんかの製作に取り掛《か》かり始めたのだ。製作一日目の今日は必要な物資や手順の確認が主で、時刻はそこまで遅くなっておらず、辺りはまだ明るい。

「それでねそれでね、学祭一日目に予選と、一回戦。二日目に二回戦と、勝ち残ったカップルで決勝戦を行う、だって」

「なるほどな」

これらは全て、昇降口の掲示板に貼られていた紙に書かれていた内容だった。十色が中《なか》曽根《そね》たちと一緒に見に行ってきたらしい。

実は俺も気になって一人で調査に行っており、その情報は知っていたのだが、確認の意味をこめて十色の話を聞いていた。

「面白そうだよね？」

ね？　ね？　と同意を求めるような視線がこちらに向いている。

十色が何を言いたいかはわかる。きっと参加したいんだろう。そしてそれについて、俺も先にいろいろと考えていた。

「わたしたち、名北高校《めいほくこうこう》でカップルをやる者として、この伝統のカップルグランプリには一度は参加しておきたいでしょ。それに、富と名誉を手に入れるチャンスだよ」

そう十色が続ける。

「伝統って、第一回じゃなかったのか……」

そんな薄っぺらい伝統があってたまるか。それに、得られるのは校内のみの富と名誉なんだよなぁ。せめて現金にしてくれたらカードショップに駆《か》けこめるのに。

とまぁ、言いたいことはあるのだが――それでも俺はこのカップルグランプリに参加するつもりでいた。

「でもまぁ、アリだな」

俺が言うと、十色がぱちぱちと目を瞬《またた》かせる。

「それは……参加の意向？」

「なんでちょっと意外そうなんだ」

「や、正市のことだから、絶対最初は渋《しぶ》るだろなぁって。そのあと結局、渋々参加してくれる流れがお約束かなと」

「おい、人をツンデレ扱いするな」

「ツンデレいいじゃん。ジャパニーズ伝統芸能」

「その伝統芸能、男が継《つ》ぐのは誰得なんだ……」

俺のツッコみに、十色が「あはは」と笑う。俺は一旦落ち着こうと小さく息をついた。

「でも、ほんとになんで？　いつもこういうのに参加しよって言うのはわたしの方じゃん」

十色の口調はなんだか嬉しそうだ。

「理由はある。このグランプリに参加するのには、大きな意味が二つあるんだ」

「二つ？」

少しスピードを落として帰路を歩みながら、俺たちは話す。

「ああ。まず、学校全体に俺たちがカップルであることを示すチャンスだ。俺たちからはっきりつき合っていると宣言する機会は、これまでなかった」

「そうだね。それはわたしも考えてたよ！　ここぞとばかりに広めちゃおう！」

十色が弾んだ声音で返してくる。

「二つ目は？」

「ああ。二つ目は――そのカップルグランプリで勝ち進むことは、俺たちがお似合いのカップルだと春日部《かすかべ》に見せつけることに繋がらないか？」

それは先日受けていた、船見《ふなみ》楓《かえで》からの依頼《いらい》の話だった。


――お願いします。キミと十色、二人がつき合ってるとしっかりわからせて、キミが十色の最高の彼氏だって証明して、駿《しゅん》に十色のことを諦めさせてほしいの。


その船見からの頼みをどう達成しようかと、俺は機会を窺いながら考えていたのだ。

「あー、確かに！　一緒にそれができたら最高だ。ミッションコンプリート」

十色がぱちんと指を鳴らす仕草をみせる。格好だけで、音はかすっとしか鳴っていない。

「まぁ、そのためにはなるべく勝ち残って名実共にお似合いのカップルであることを証明しなければならないんだが」

「うん、それはそうだ！」

十色は深く頷き、それから続けて口を動かす。

「三つ。このカップルグランプリの参加には大きな意味があるね」

「三つ……？　三つ目はなんだ？」

今度は俺が訊き返す番だった。

「ふっふっふ。それはねぇ、最強カップルの証明、だよ！」

「最強カップル？」

「そう！　わたしたちは優勝するよ！　そして、この二人が最高最強のカップルであることを証明しにいくの。今回のカップルグランプリはそのための戦いなのだ！」

口角を上げ、不敵な笑みを浮かべる十色。

「優勝か……」

俺は少し考えてみるも、少々イメージが湧《わ》かない。一年生で、しかも学年でも特に目立たない自分が、全校生徒の前に立ってトロフィーを掲《かか》げる姿……。なんというか、現実離《ばな》れしすぎている。

そんな俺の顔を、ちらと十色が覗いてくる。と思ったら、勢いよく腕を組んできた。

「大丈夫。わたしたちならできるよ」

ぎゅっと強く腕を抱きながら、

「こんなにラブラブカップルなんだし？」

言って十色はふふっと笑う。

俺は思わず周囲を見回していた。この距離感を他人に見られるのは恥ずかしいし、なんだかよくわからないが申し訳なさもある。幸い、大通りから外れた住宅街に入ったところで、辺りに人通りはなかった。

「ま、まぁ、（仮）だけどな」

「あー、正市、またそんなこと言う。照れてるのかい？」

「べ、別に照れてるわけじゃないが……」

「でもさでもさ、（仮）の二人が優勝しちゃうってのも、それはそれでかっこよくない？」

「まぁ、確かに、本物たちを差し置いて偽物《にせもの》がその実力で優勝するって展開は……正直熱い」

「なんか、むずむずしてくるよね」

「ああ。何かくすぐられるような……」

きっと、体内にまだ眠《ねむ》っている中二心が疼《うず》いているのだ……。

十色も同じことを考えていたのか、「うっ、右手よ、鎮《しず》まれ……」なんてやって、二人で笑う。

「とにかくさ、頑張ろうね。カップルグランプリ！」

「おう、そうだな」

「どんな審査課題がきてもいいように、まだやったことないカップルっぽいことといろいろ押《お》さえとかないと」

「お、おう」

十色さんは随分《ずいぶん》やる気になったようだ。さっそく歩きながらスマホを取り出す。

なんだか十色となら、本当に優勝できてしまう気もしてくるのが不思議だった。

ただ、少しだけ考えてしまう。

もし、優勝できたとして、周りからも一番のカップルと認められたとき、偽物の二人は何か変わっているのだろうか。

そのとき、二人の想《おも》いに、何か大きな変化が起こっていたりするのだろうか……。

＊

学祭の準備は順調だった。

教室の中では主に男子たちが、一分間で鉛筆を立てまくったり、風船を落とさず手で何度も弾ませたり、黒板いっぱいに書かれた文字を猛《もう》スピードで消していったりと、とても騒《さわ》がしくパッと見荒《あ》れていたが……。

ただまぁ、廊下《ろうか》に出ればどこのクラスもわいわいがやがやっていて、準備を含《ふく》めて楽しもうという生徒たちの姿勢が窺える。

年一回の大イベント、学祭なのだ。そういった部分も含めて、準備は順調と言えるのだろう。

そして俺も、今は学祭準備を抜けて、賑《にぎ》やかな校内を一人屋上に向かって歩いていた。

名北ギヌスの種目考案の輪に参加しており、少し遅《おく》れてしまった。おそらく、他の二人はもう着いている頃だろう。

吹奏楽《すいそうがく》部の練習の音をＢＧＭに、渡《わた》り廊下を渡り北校舎へ。五階へ続く階段をのぼり、屋上へのドアノブを握る。鍵《かぎ》はかかっておらず、軽い力でドアは開いた。

「あっ、正市！　こっちこっち。ハリーハリー」

十色が片言の英語で急かしてくる。そんな彼女の前には、もう一人の女子の姿。

「こんなとこで二人で囲んで……。私今から何されるの？」

そう言って、船見はふっと笑みを浮かべる。

「それはもう、こちらの正市さんから説明が」

「えっ、俺？」

驚く俺に、「どうぞどうぞ」と船見の前を空ける十色。

「まぁ、一応、正市が依頼を受けた張本人だからねぇ」

昨日、カップルグランプリへの参加を決めたあと、それを船見に話しておこうと言ったのは俺だった。以前、屋上で船見の依頼を受けたあの日から、少し間が空いてしまっており、進捗《しんちょく》の報告をしておこうと考えたのだ。それで今日、十色に船見を呼んでもらった。

二人で待ってもらっている間、もう先に話が進んでるんじゃないかと思っていたのだが……。

軽く首を傾《かし》げて船見が俺を見てくる。俺はこほんと軽く咳払《せきばら》いをした。

「えー、この度、俺たちは、カップルグランプリへの参加を決めましたことを……ご報告させていただきます」

妙《みょう》に改まってしまったせいで、変に丁寧《ていねい》な言葉《ことば》遣《づか》いになってしまった。隣から十色が「いえーい、ぱちぱち」と合いの手を入れてくれる。

「二人して何かと思えば……。報告したいことがあるとか言われたから、結婚《けっこん》でもするのかと思ってた」

「「けけ、結婚⁉」」

「わお、ぴったり」

俺と十色が見事にハモり、船見が親指と人さし指を立てた銃《じゅう》のような形でぴっと俺たちを指してきた。

「そそ、そんな、結婚なんてまだ早いってか、適齢期《てきれいき》じゃないっていうか——」

「おやおや、まだ早いってだけで、将来的にはアリってこと？　いいですねぇ、十色さん」

「そ、それはそう……じゃなくてっ！　まだそこまで考える段階じゃないっていうか。とっ、とにかく、今日の報告はそんなことじゃなくて——」

慌てたように手を身体の前でぱたぱた動かしながら、十色が否定を並べる。そんな十色の反応を楽しむように、船見が笑う。

「でも、カップルグランプリの参加？　なんでわざわざ私にそれを？」

十色がちらりとこちらを見てきて、続きは俺が答えることにした。

「それは、この前の依頼だよ。カップルグランプリで、俺たちは勝ち進む。そして春日部に、俺たちが最高のカップルだってところを見せつけてやる」

そう俺は船見に告げる。すると、辺りがしーんと静まり返る。

……あれ？　俺何か変なこと言ったか？　そう俺が戸惑《とまど》いだしたとき、目を丸くしていた船見が口を開いた。

「そ、そういうことね。俺たちは勝ち進む、ね……」

「ああ」

「へぇ……。すごい自信じゃん」

「あ、お、おう……」

なんとなく、船見が驚いていた理由がわかった。俺は作戦をそのまま説明しただけのつもりだったのだが、意図せず勝ちを宣言したような物言いになってしまっていた。

「そこまで言うなら、期待してる。私たちは出る予定ないし……。頑張ってね」

「ま、まぁ、なるべく頑張るつもりだが……」

若干恥ずかしくなりながら、助けを求めて振り返る。

「お、俺たちが最高のカップル……」

なんだか照れたように頬をぺたぺた両手で押さえながら、小さく呟く十色さんがいた。

おい、打ち合わせ通りの話だろ。しっかりしてくれ。

そう思いながら、肘《ひじ》でつんつんと十色をつつく。すると十色がハッと顔を上げ、

「頑張るよ！　優勝する！」

慌ててそう口にする。

それを見て船見が、再びふふっと笑みを漏《も》らした。

「ど、どしたの？」

「ん？　やー、あんたたちやっぱりお似合いだなって思って」

「で、でしょー？　ありがと」

あえて否定もせず、十色が礼を言う。すると、

「うん。……ほんと、羨《うらや》ましいくらい」

一瞬、船見の表情に愁《うれ》いのような色が薄ら浮かんだ気がした。黒のロングヘアがふわりと風で舞《ま》い、彼女の顔にかかる。

本物のカップルになりたい。そんな想いが疼いているのだろうか。

カップルグランプリにも、もしかしたら出たいのかもしれない。一応、本当につき合っていなくても参加できるはずだが、出るなら本当のカップルとして、という思いがあるのかもしれない。

そう俺が推《お》し量《はか》っていたときだった。

突然《とつぜん》、屋上の扉《とびら》がバンと勢いよく開かれた。そして飛び出してくる小さな影《かげ》。

「ふ、二人ともっ！　ちょっといいかー！」

大きな声を上げながら、トレードマークのツインテールをなびかせ駆け寄ってきたのは、

「ま、まゆちゃん⁉　どしたどしたー、そんなに慌てて」

同じクラスのちびっ子少女、兎山《うやま》まゆ子だった。飛びこんでくるまゆ子を受け止めながら、十色が何事かと訊ねる。

そしてまゆ子に続き、屋上にはもう一人の女子が——。

「うらら、何かあった？」

そう船見に訊かれ、ギャルっぽい見た目の中曽根うららはふるふると首を横に振る。

「何かあったってわけじゃないんだけど……。この子が、二人に相談したいことがあるらしいよ」

近づいてきて、まゆ子の頭にぽんと手を乗せた。それから十色と船見を（ついでに俺の方もちらりと）見回しながら、続けて口を動かす。

「十色から場所聞いてて、ただ戻ってきてからにしようとは言ったんだけど。善は急げってことで勢いのままこの子が飛び出しちゃって」

船見が軽く笑って頷く。

「話は終わったし、もちろん隠しごとってわけでもないから大丈夫。でも、まゆ子はそんなに慌てていったいどうしたの？」

その質問に、しかしまゆ子は俯《うつむ》き加減にもじもじし始めた。

「え、えっと、それはだな……」

十色と船見が顔を見合わせる。

ここに飛びこんできた勢いはどうしたのだろう。二人に話ということは、俺がいるとまずいのか？　そう思い出口の方へ足を向けたところ、中曽根がこちらを見ながら小さく首を振ってみせてくる。どうも、俺も聞いていていいらしい。

「ちょ、ちょっと手伝ってほしいことがあって。あの……その……？」

まゆ子は未《いま》だ切り出せず、身体を左右に捩《よじ》らせる。しかし、

「あんた、ここで恥ずかしがっててどうすんの」

そう中曽根に言われ、慌ててぴんと姿勢を正した。

そして、意を決したように目を瞑って口を開く。

「あ、あのっ——さ、猿賀谷くんを、カップルグランプリに誘いたいんだっ！」

言いきってから、ぺこりと、まゆ子は俺たちに向かって頭を下げた。

＊

翌日、放課後になってすぐ、俺は猿賀谷の席に赴《おもむ》いた。

「今日、このあと実行委員会か？」

席で鞄《かばん》に教科書をしまっていた猿賀谷が顔を上げ――にやりと笑みを浮かべた。

「なんでいなんでい、正市の旦那。デートのお誘いってやつかい？」

「いや、違うが」

「こりゃあ参った、モテる男は困っちまう。せっかくのお誘いだがなぁ、今日は教室でクラスの出しものの準備をする予定だったんだ。実行委員の方が忙しくて、こっちの貢献度《こうけんど》が下がっていたからなぁ。どうしても旦那がオレと一緒にいたいっていうなら、一緒にクラス展示の準備デートってのはどうだろう？」

「違うと言っているが⁉」

そして、この流れで展示準備を選ぶのは、なんだかものすごく不本意なんだが……。

実は今日、いつも実行委員会の方の仕事に行ってしまう猿賀谷を、教室に引き留めて一緒に作業をする予定だったのだ。しかし、俺がどうしても猿賀谷とデートしたくて、猿賀谷が渋々仕方なく……という構図にするのはやめてほしい。誤解だし濡《ぬ》れ衣《ぎぬ》だしこれを誰かに聞かれていたら絶対に変な目で見られてしまう。

「あの、あれだ。力仕事が残っててな。スポーツ系の種目も作りたいってことで、ストラックアウトをすることになったんだが、その枠《わく》を木で作ってるんだ。ただちょっと、男子が人手不足でな」

「ほぅ。大会前の部活が結構あると聞く。準備にあまり時間を割けない者も多いんだろう。そういうことなら任せとけ。こんなときこそ助け合いってなぁもんだ」

猿賀谷が、ブレザーごと腕まくりをしながら立ち上がった。

「助かる。材料は中庭に準備してある」

俺は道具を持って、猿賀谷と二人で移動し始める。教室から出ようとしたとき、たたたっと駆け寄ってくる者がいた。

「正市っ！　と猿賀谷くん。もしかしてストラックアウトの準備？」

十色が俺の横に並び、身体を前に傾《かたむ》けながら猿賀谷の顔を覗きこむ。

「おう。このオレにも力になれることがあるってことだからなぁ。ここは一肌《ひとはだ》でも二肌でも、三肌でも四肌でも脱《ぬ》いでやろうってもんだ。見せてやろう、オレの肉体美」

「わたしも一緒に行っていい？　教室での準備、今はやることなくてさ」

「お、おう」

猿賀谷のボケ（というか本気のアホ）には取り合わず、十色が同行の許可をもらう。

こうして彼女が仲間になる流れも、実は事前に話し合っていた作戦のうちだった。まず俺が猿賀谷と一緒に作業を始める。そこに十色がやってきて自然に合流する。そして十色のもとに寄ってきたふうを装《よそお》ってまゆ子たちも集合し、タイミングを見つけてカップルグランプリに誘う。

およそ第二段階までは成功である。俺と十色はこっそりと目を合わせ、頷き合う。

中庭には、昨日買い出し部隊がホームセンターで購入《こうにゅう》してきた木材が置かれていた。これを決まった長さにカットし、釘《くぎ》を打って枠を作っていく予定である。

おそらく一組の出しものの中で、一番製作時間のかかるセットだ。基本はなるべく準備の手間を抑《おさ》える方向で種目が考えられている。『一分間のうちに椅子《いす》をひっくり返して机の上に何回載せられるか』なんていう、準備も何も必要ない体力自慢歓喜《かんき》の競技まででているくらいだ。

俺たちが木材の前で準備を始めたとき、予定通りまゆ子が中庭に入ってきた。後ろには今日も中曽根の姿がある。なんというか、完全にちびっ子の保護者ポジションなんだよなぁ中曽根さん……。ちなみに船見は春日部と用事があるとのこと。

「といろーん！　と、真園《まぞの》くんと、さ、ささ、猿賀谷くん」

「おー、まゆちゃん！　どしたどしたー？」

「や、やー、暇《ひま》だったから、一緒にやっていいかなーと」

「うん！　ぜひぜひ！　いいよね？」

言って、十色は猿賀谷の方を確認する。

「よっしゃ、そんじゃあノコギリの扱いはオレに任せろ」

猿賀谷は元気よく答え、それから本当に服を脱ぎ始めた。ブレザーを脱いで、ワイシャツを脱ぎ、Tシャツ姿になる。理性というか常識はなんとかあったようで、脱衣《だつい》はそこでストップし、俺が用意していたノコギリを手に取った。

「カモン、旦那。指示をくれい！」

そんな威勢《いせい》のいい掛け声に従い、俺はネットで見つけていたストラックアウトの作り方のページを猿賀谷に見せる。

のこぎりを使っての作業は猿賀谷に任せ、俺は別の木材を使って土台作りに勤《いそ》しむことにした。女子たちもそれぞれ、手伝いに回ってくれる。

まゆ子の目的達成の協力のためにできた集まりだが、意外とこのメンバーでクラス準備に大きく貢献できてしまいそうでもあった。

「旦那、大枠《おおわく》の部分は切れたぞ。釘を打って塗装《とそう》って感じかい？」

「おお。早いな」

猿賀谷が手際《てぎわ》よく作業を進め、俺は続きの作業をスマホで確認する。その間、的作りに使う絵具を準備していた中曽根が振り返りながら口を開いた。

「猿賀谷、あんた中々やるじゃん」

言いながら、つんつんと肘の先で隣にいたまゆ子をつつく。まゆ子がはっとしたように背筋《の》を伸ばした。

「な、なな、中々やるじゃん？」

緊張しているのかばっちり上から目線な疑問調で、まゆ子も続ける。

「おう。任せとけってもんよ」

猿賀谷はどんと胸を叩き、今度は金槌《かなづち》と釘を手に取る。木材を繋げて枠を作っていくのだ。

「まゆ子、支えててあげたら？」

「えっ、あっ」

そんな中曽根からのパスを受け、まゆ子は戸惑うように中曽根と猿賀谷を見回す。

「頼んでいいか？　ズレないように持っててもらえると助かる」

「う、うん！」

まゆ子はぱっと笑みを浮かべ、大きく頷く。たたっと猿賀谷に近づき、しゃがんで木材を押さえた。

うまく、二人の共同作業という構図になった。このままカップルグランプリの話ができたらいいのだが。

そう考えていると、猿賀谷が口を開く。

「なんかいいなぁ、青春って感じで。こうして学祭の準備を男女でわいわいってのは、まさにオレの求めていたものだった。非常に感慨深《かんがいぶか》いよなぁ、正市の旦那」

「なぜ俺に振る」

「そりゃあ同じ男子校で、むさ苦しく悶々《もんもん》と暗黒の中学時代をすごした、魂《たましい》のソウルメイトだからじゃあないか」

「俺は特に悶々としていた覚えはないぞ。あと魂がダブってる」

猿賀谷は「なんと、この感動が伝わらないのか⁉」とまだ驚いている。続けて何か熱く語りだしそうになったところを、「早く作業に戻りな」と中曽根に注意されていた。

——青春、か。

確かに、俺にとっても経験のないことだった。男女の作業はもちろん、中学時代は家が遠かったことから放課後にここまで残って作業をしたこともあまりない。

眩《まぶ》しい夕陽に染まる校舎、中庭。校内全体ががやがやとした喧噪《けんそう》に包まれており、時折大きなはしゃぎ声が上がる。そんな、どこかふわふわと浮足立った雰囲気に自分も交じっていると改めて考えると、少し胸が躍《おど》るような感覚を覚えた。いつもだとためらってしまうような、居残りでの作業だって、気づけば全く苦痛なく取り組んでいる。

これが青春、なのか。

俺の知らなかった、他の誰かが楽しんでいた青春……。

俺は少し作業の手を止め、地面に膝《ひざ》を突《つ》きながらそんなことを考えていた。そんな俺のもとに、ちょこちょことしゃがみながら移動してくる者がいる。

「どうした？」

そう声をかけると、十色が俺の顔を見て笑う。

「んー、ちょっとアオハルでもしとこっかなーって」

十色は俺のそばまで寄ってきて、ちらりとまゆ子と猿賀谷の方に目を向ける。それからその真似《まね》をするように、俺が作っていた土台の木材に手を添《そ》えた。

「青春、したくなったのか？」

「ち、ちち、違うよ？　したくなったというか、わたしたちカップルだから、こういうこともしとかないと！　恋人同士らしく」

「なるほど。恋人らしく……」

十色が主張しているのは、カップルの青春ムーブ義務化らしい。

ただまぁ、長いつき合いだ。それが照れ隠《かく》しの言葉ということはわかる。

十色も少し青春気分を味わいたかったのかもしれない。そう思うと嬉しくなってくる。

もしかすると中学時代、十色も彼女の青春を楽しんでいたのだろうか。先程、そんなことをちらと考えて胸がもやっとしていたのだが、今その靄《もや》がすっと晴れていく感覚を味わった。

「じゃあとりあえず、釘打つぞ」

「おっけ！　ここ持ってればいいね！」

俺はそうして作業を再開した。台座には、ボールが当たっても倒《たお》れないしっかりとした脚《あし》が必要だ。木材を組み合わせ、強度を上げていく。前後の台座を分けて作り、猿賀谷が用意している枠の部分を挟《はさ》んで立てるという構造だ。

リズムよくハンマーを振り、釘が完璧《かんぺき》に打ちこめたら手を伸ばす。

「ほい」

その手に十色が次の釘を渡してくれる。

「よしっ」

もう一本釘を打ちつけ終わった俺が手を伸ばすと、

「ほいほい」

今度はメジャーとマジックを取ってくれる。次に使う木材の、釘を打つ箇所《かしょ》に印をつけるのだ。

「ん」

俺がメジャーのテープの先を持ちながらケースを渡すと十色が引っ張ってテープを伸ばしてくれる。三〇センチを測り、マジックで点印をつけた。

「二人、息ぴったりすぎでしょ」

そんな声に顔を上げると、船見が感心しながら見守るような柔らかい顔つきで俺たちを眺めていた。

「そういやぁ、海の家でもコンビネーション抜群だったよなお二人さん。ホットドッグ作りのとき」

猿賀谷が思い出したように続ける。

「なんというかやっぱり、熟年夫婦《ふうふ》感出てるわね」

そう中曽根も相槌を打っていた。

以前ならばここで、「初々《ういうい》しいカップルらしさがない、やばい」と顔を見合わせていたところだが、今はもう慣れたものだ。

「ふっふっふ、でしょでしょー？」

と、開き直り、十色は得意げな笑みを浮かべる。

俺はそこで、こう口にしてみた。

「俺たち、カップルグランプリにも出る予定だしな」

ちらりとまゆ子の方を窺うと、目を大きく開き驚いたような表情をしている。

まさか猿賀谷との共同作業に浮かれ、今日の目標を忘れていたのか……？

「おお、旦那。絶対に参加してくれると思ってたぜい？　十色ちゃんも、サンキュー、盛り上げてくれることを期待してる」

「おうおう。わたしと旦那に任せときなっ！」

十色は手の平を胸に当て、自信満々な顔で頷く。

猿賀谷の真似をしたのだろうが、十色の声で聞く「旦那」は違和感《いわかん》と言うか、妙にドキッとした。

「猿賀谷くんは、参加しないの？　主催者《しゅさいしゃ》側だから忙しいとか……？」

十色がそう、探《さぐ》りを入れる。

「いや、オレは当日の進行には関わらない。だがまぁ、一緒に参加していただけるお相手もいないしなぁ」

まゆ子が中曽根とアイコンタクトをし、こくこくと頷く。それから息を大きく吸って、吐《は》いた。

「さ、猿賀谷くん！」

「お、おぉっ⁉」

目の前で突如《とつじょ》大きな声で名前を呼ばれ、猿賀谷が驚く。しかし気にせず――気にする余《よ》裕《ゆう》もないまま、まゆ子は続ける。

「あ、さ、猿賀谷くんって……一一月二八日って暇ですか？」

「ん？　その日は学祭当日だが……」

「あ、そ、そうだよね。忙しいよね……」

助けを求めるように中曽根の方を振り返るまゆ子。

なんでやねん！　と、思わずキャラにもないツッコミを発してしまいそうになる。

何を訊いている。そして、なぜそのまま引き下がってくる。しかしながら、張本人のまゆ子自身が一番驚き焦った表情をしており、彼女にとっても不測の事態であることはわかった。緊張でパニックになってしまったのだろう。

中曽根が呆《あき》れたように、しかしどこか優しい表情で短く息をつき、口を開く。

「カップルグランプリの進行には関わらないってことは、その時間は暇なのよね」

訊かれ、猿賀谷が答える。

「ああそうだ。企画会議には参加したが、実行委員内でのオレの仕事は主に各クラスの出しものの把握《はあく》と使用場所の確認申請《しんせい》などだからなぁ。当日はフリー。メイド喫茶やコスプレカフェの出展クラスを事前に確認できるのは役得ってなもんだ。正市の旦那には特別に情報を流してやってもいい、なんたってオレたちは魂のソ――」

「いやいい」

俺が即答《そくとう》で断っている間、十色が「まゆちゃん！」と小声で声をかけている。中曽根が、話をもとに戻した。再びのチャンスである。

十色も励《はげ》ますようにこくこく頷きを送り、まゆ子が唾を飲んで一度大きく頷きを返す。

そしてまた、猿賀谷の方を向く。

「猿賀谷くん！　あのっ、二人しか出れないイベントがあってですね……一緒に参加してくれませんか？　――か、カップルグランプリっていうんだけど……」

どんどん声量が萎《しぼ》み、最後はかすれるような声に。それでも言いきったまゆ子は、恐るおそる上目遣いに猿賀谷の反応を窺う。

「お、オレかい？」

ぽかんと口を開けていた猿賀谷が、自分を指さしながら訊ねる。まゆ子は「う、うん」と、何度も首を縦に振った。

「お、オレなのかい……」

それでも驚きを隠しきれない表情で確認を繰り返す猿賀谷。しかし、しばししてまゆ子

が本気と悟り、その場で姿勢を正して真《ま》っ直《す》ぐに彼女の方を見る。

「お、オレでよければぜひ……」

「うん！　よ、よろしくお願いします――」

まゆ子が立ち上がってくるっと振り返り、両手でほっぺたを押さえながら中曽根の方に駆け寄っていく。嬉しさの表現か、それとも恥ずかしさを隠すためか、中曽根の身体に飛びこみ鎖骨《さこつ》辺りに顔を埋める。

その間、猿賀谷もこの場の唯一《ゆいいつ》の男子サイドである俺の方に顔を向けてきた。

これまで俺とのアニメトークや変態談義の中では見たことのない、照れ交じりのにやけ面を奴は浮かべていた。

＊

遠く西の空に、夕陽が彩度《さいど》を増しながら沈《しず》んでいく。頭上の空は群青色《ぐんじょういろ》で、身の回りの空気はいつもより澄《す》んでいる。

学校から出るときにはすでに街灯に明かりが灯《とも》っており、第二の下校ラッシュとでもいうべきか、何組かの部活終わりの生徒たちが校門前で別れの挨拶《あいさつ》を交《か》わしていた。

帰宅部のため、これまでこんな時間に下校したことがほとんどなく、新鮮《しんせん》な光景である。

「まゆちゃん、うまくいってよかったね」

「ああ、ほんとに。一時はどうなることかと思ったがな」

十色と二人で会話をしながら、帰路を歩む。

「結構勝ち進んで、そのまま流れでおつき合い——なんてこと、なったりしてね」

「意外といそうだけどな、そういうカップル」

「そういうのも、アリだよね」

やがて、住宅街に差しかかる。辺りに人目がなくなったところで、ちょんちょんと、俺の手の甲《こう》に彼女の冷たい指が触れた。

ちょんちょん、と。

再びの合図に呼応するように、俺は何も言わずに彼女の手を握る。

恋人ムーブ、ということなのだろう。ただ、シンプルであり真向からのムーブに、思わずドキドキしてしまう。本物の恋人同士のような自然なやり取りだ。

——本物の恋人同士、か……。

俺が少し考えこんでいたとき、

「カップルグランプリ、楽しみだね」

俺の手を握って歩きながら、十色がそう口にした。

「ああ。……どうなるだろうな」

多くの人に自分たちのことを示し、春日部にお似合いカップルであることを見せつけるには、グランプリを勝ち進むことが前提になってくる。当たり前のように作戦を立てていたのだが、実際のところ大丈夫なのだろうか。相手には上級生もおり、数年間つき合っている恋人同士だって存在するだろう。仮初のカップルである自分たちが、どこまで通用するのか……。

そんな俺の懸念《けねん》をかき消すような弾んだ声で、十色が言う。

「もちろん！　わたしたちで優勝するよ！」

そのにっこり笑顔を見て、俺は心が軽くなる。

十色は『楽しみだね』と言ってきた。おそらくそれは、嘘《うそ》のない真っ直ぐな彼女の気持ちだったのだろう。カップルグランプリというイベントを、二人で楽しみたい。

「ああ、そうだな！」

せっかくのお祭りなのだ。それに、十色と参加するイベントであれば、楽しいことはきっと間違いない。

俺が頷くのを見て十色は嬉しそうに微笑《ほほえ》むと、「よーし、頑張ろう！」と繋いだ手をそのまま大きく振《ふ》り上げた。

☆

ハグチャレンジのときもちらっと思ったっけ。本当に、つき合っていないのにこんなことができる立場がありがたすぎる。考えながら、わたしは正市の手をさらにぎゅっと握る。

恋人同士だからこその特典を、こんなに味わってしまっていいのだろうか。何度も考えたその悩《なや》みには、以前答えを出した。少しくらいこの関係を利用してもいいよねと、わたしの中で納得した。

それに、我慢《がまん》できない。止められない。ずるいかもだけど、やっぱしこの関係には甘えちゃう。

なんだか少し、暴走気味になっちゃってる。「好き」って、こんな感じなのか？

それに……こんなわたしを正市はどう思ってるんだろとか。ちょっと気になったりして……。

頑張ろう、と振り上げた手を下ろしたあと、わたしは繋いだ手をぶんぶんと振りながら歩く。正市が仕返しとばかりに大きく手を振ってきて、わたしはさらに勢いよくぶんぶんしてやる。だけど、いくら激しくしてもお互い手は解かない。

「学祭まであと二週間くらいか？」

「うん。一週間と少しだね」

「そうか。……もうすぐ一二月だな」

いつの間にか陽が沈み、辺りはすっかり暗くなっていた。冬が、ゆっくり背後に近づいてきている気がする。

もしカップルグランプリで優勝できたなら、きっと周りはみんなわたしたちをカップルと認めてくれるんだろう。

本当につき合ってるのか、から、本物のカップルだ、に。

ただ、それが実態とは違うことを——今のわたしは気にしないようにしていた。

〈4〉世はまさに学祭ラッシュ

学祭三日前、他クラスと比べのんびりと準備を進めていた一年一組も、さすがに少しバタバタし始めていた。

部活を優先していた者も次第《しだい》に集まりだし、最後に展示のクオリティを上げるためにあれやこれやと取りかかり始める。

というか、ここまでなんだかんだ毎日準備を手伝ってきた俺のことを誰か褒めてくれ。まぁ、企画の言い出しっぺという責任を感じ、自ら顔を出していたのだが。運営さん、ログインボーナスはないんですか？

ギヌス記録の種目は、絞《しぼ》りこんで一〇種目。今は運動部の連中が、実際に記録にチャレンジしてみて、計測中に何か不都合が起きないか確認をしている。まさに最終チェックという段階だ。

みんなは知らないが、こうして準備の中でも実践《じっせん》して楽しめる、というのが、俺がこのギヌス記録を提案した理由の一つでもあった。本来それで遊んでほしかった十色《といろ》さんは、友達と笑って会話をしながら教室後方の黒板で落書きをしているのだが……。

にしても、後ろの黒板に大きく描《えが》かれた『名北祭』のレタリング。あれ、落書きってレベルじゃねぇな。いったい誰が書いたのか。なんとなく、クラスに一人はああいったレタリングが異様にうまい奴がいる気がするのは俺だけだろうか……？

俺が立ったままぼーっとその様子を眺めていたときだった。

「正市《まさいち》の旦那、ちょっといいかい？」

後ろからつんつんと肩をつつかれ、振り返れば猿賀谷《さるがや》がくいくいっと親指で廊下の方を示している。

「なんだ？」

訊ねながら、俺は廊下へ出た。

「正市の旦那、今は暇か？」

「あー……。とても残念だが……あいにく暇みたいだな」

「なぜそうも悔しそうに言う」

いやだって、その質問は明らかに面倒ごとを頼まれるときの予兆なんだもん。

「しかしまぁ、ちょうどよかった。その持て余している時間を、ちょいとだけ貸してくれやあしないかい？」

ほらぁ……。

「旦那、あれを見てくれ」

決して余している時間はない、我が一組の学祭成功のため脳内ではいろいろと考えるところがあって――とかなんとか言いわけしようかと迷ったが、それはそれで面倒くさくてやめた。変態行為《こうい》につき合わされないことだけを祈《いの》り、猿賀谷が顎で指した方向を見る。

「……看板か？」

そこには『教室プラネタリウム』と段ボールに書かれた、手持ちの看板が立っていた。正確には、廊下の壁《かべ》に立てかけられていた。どうやら近くのクラスが作製した、展示への呼びこみ道具らしい。

「ご名答。さすが旦那、察しがいいな」

「いやまだ何も察知してないが」

「そうかい？　言いたいことはシンプルだ。オレたちのクラスには、ああいった案内の看板がないんだ」

「あー、それは確かにな」

教室の前に掲示する展示名を書いた看板は用意していたが、ああいった持ち歩けるようなものは作製していない。一応毎日放課後居残りし、準備に加わっていたので、クラス内でどんな作業が進められていたのかはだいたいわかっている。

「我が一年一組の教室は、校舎の右上の四つ角に位置するだろう？　階段を挟んで奥《おく》にあり、どこかのクラスまでの通り道というわけでもない。比較的《ひかくてき》お客の動員が難しい環境《かんきょう》にあるといえる。一応実行委員の方で順路を決めて掲示する予定ではいるが、やはりお客の足は展示が多く栄えている方に向くだろう？」

「なるほど……。つまり、あの看板は俺たちにこそ必要と」

「くっくっく。ようやく気づいたようだなぁ、我がクラスの命運を分けるこの事態に。そしてその運命は、オレたちのこの右腕《みぎうで》にかかっている――」

「おぉ……遅れてきた中二の病……」

そこまで大袈裟《おおげさ》なことじゃないと思うが……しかし猿賀谷は、おもむろに首を横に振る。

そしてどこか優しげな瞳を、教室内の方へ向けた。

「ようやくみんなが一致団結してきている。いいものが、できそうな予感がする。そんな素晴《すば》らしいせっかくの出しものを、なるべく多くのお客に見てもらいたい」

「それは、まぁ……」

ようやく準備に大勢が集まりだし、クラスが活気づいている。学祭まで日がほとんどなく、なるべくこのクラスの士気を維持《いじ》していく必要がある。

「そこでだ、旦那。オレたちで、看板作りのほうに回らないかい？　ただ、オレはちょくちょく実行委員に行かなければなんだが」

「ああ、そういうことなら……」

結局、やることを探して暇していたのは事実なのだ。やらなければならない仕事があるのなら、俺が取り組むべきなのだろう。

「さすが旦那、同志よ！」

「いやまぁ、仕事だし。そんじゃあぼちぼち始めるか」

「すまん旦那、さっそくで申し訳ないんだが、今日はこれから実行委員で……悪いが先に材料の準備を進めてもらえるかい？　同志よ！」

「開始五秒で同志に裏切られたんだが⁉　どうしよ……」

思わず低クオリティのオヤジギャグが出てしまった。

しかしながらどうしようもなく、俺はこうして一人、段ボール入手の旅に出ることになったのだった。

＊

俺は全く知らなかったのだが、世はまさに学祭ラッシュ、らしい。

近隣《きんりん》の中高も学祭が近いらしく、スーパーでの段ボールの入手が激戦となっていた。学校から近いお店を一軒《けん》、二軒と回ったが、廃棄《はいき》段ボールは全てなくなっており、三軒目のドラッグストアで丁寧な店員さんから別の学校の生徒たちが先に段ボールを持って行ったとの情報を聞くことができた。

「マジか……」

店を出て、一人呟いてしまう。

まさかこんなにも世界が段ボール不足に陥《おちい》っているとは。

そしてその段ボール争奪戦《そうだつせん》に、いつの間にか自分が巻きこまれてしまっているとは。漫画なんかで急にデスゲームに参加させられてしまう主人公もこんな気分なんだろなぁ（多分違う）。それに大抵《たいてい》そういう主人公って気づかないうちに特殊《とくしゅ》な能力を秘《ひ》めてたりするのだ。かっこいい。

しかしながら、材料を手に入れられなければ、何も始めることができない……。仕方なく俺は学校から離れながらお店を探して彷徨《さまよ》うことにする。夕暮れが始まりかけの時間で、辺りはまだ明るい。一度スマホで時間を確認し、覚悟《かくご》を決めた。

近所の駅を通りすぎ、もう一つ先の駅へと続く道を歩いていたところで、少し寂《さび》れたスーパーの看板が見えてきた。帰りに段ボールを運ぶことも考えると、この店舗《てんぽ》が徒歩で訪れることのできる限界だろう。

入ろう、と決めて足を速めたのだが……。

お店の駐車場《ちゅうしゃじょう》が見えてきたところで、俺の視線はスーパーの一つ手前にある煌《きら》びやかな電飾《でんしょく》の建物に吸い寄せられていた。

ゲームセンターだ。

どくどくと、強く脈打つ感覚が体内で響く。こんなところにゲーセンあったのか。出会ってしまったが最後、寄るのが宿命だ。……ちょっとだけならいいよね。

新たに発見したゲーセンの、実地調査だ。どんな筐体《きょうたい》が置かれているのか、確認しておく義務がある。そう銘打《めいう》って、俺はゲーセンの入口へと足を向けた。

建物の外観からもわかっていたが、中は結構狭《せま》めのゲーセンだった。UFOキャッチャーなんかのプライズゲット系のゲームは少なく、格ゲーや音ゲー、歴史が題材の対戦ゲーム、競馬や麻雀《マージャン》などのコーナーが大きく配置されていた。中には結構レトロなシリーズもある。

これは意外と穴場を見つけたかもしれない。

そう俺がわくわくしながら店内を回っていたときさだった。

何やら格ゲーの台で、かちゃかちゃと、一際《ひときわ》激しく華麗《かれい》な指捌《さば》きを披露《ひろう》する者が目についた。

……んんっ？

俺はその男を、思わず二度見してしまう。同じ名北高校《めいほくこうこう》の制服だ。

――か、春日部《かすかべ》？

驚いた。なぜ奴がここに……？　しかしそんな疑問を差し置いて、俺の意識は彼の手元に向いてしまう。

格ゲーはあまりプレイしないのだが、奴の実力は一目瞭然《いちもくりようぜん》だった。素早く繊細《せんさい》な指捌き。焦ってガチャガチャとレバーを動かすこともない。ちらりと画面を見れば、体力ゲージは一ミリも減っていない。

やはり、この前見たガンシューティングのプレイからも、かなりゲームが好きでやりこむタイプの人間らしい。こうして一人でゲーセンに訪れているくらいだ。

そして、つい見惚《みと》れている間に、勝負が決する。春日部の圧勝であった。軽くほぐすように肩を回し、それから腰も左右に捻《ひね》る。そのとき、

「あ……」

ばっちり目が合った。もちろんむこうも俺に気づき、驚いたように目を大きくする。

俺は小さく頷くような会釈《えしやく》をする。すると春日部は手を上げながらへらりと笑いかけて

きた。――そのあとも、振り返ったまま。

……おいおい、お互い軽い会釈で終わる場面じゃないのかよ。これだからリア充《じゅう》は。

周りのゲームの騒音《そうおん》で、この距離では会話ができない。仕方なく俺は春日部に近づくことにする。実は、奴に訊きたいこともあったりしたので、まぁ、いいチャンスかと思い直すことにした。

「やけに後ろから熱烈《ねつれつ》な視線を感じると思ったら、キミか」

「その実力ならいつも、ギャラリーが集まってくるんじゃないか？」

「まぁ、ね。キミもやるのかい？」

春日部はふっと笑い、それから今やっていたゲームの筐体をくいっと顎で示す。

「いや、悪いが格ゲーは全然だ。見ての通り、平和主義者だからな」

「よく言うね。エアホッケーのときの、好戦的なキミの目の輝きは忘れられないよ。あのときの借りを返せると思ったんだけどな」

次の試合が始まったらしい。俺と話しながら、春日部はレバーとボタンを操作し始める。集中しなくて大丈夫か？　という心配は、彼には必要なかった。長いコンボをあっさりと決めて、相手をぶっ飛ばしている。

「それにしても、どうしてこんなところに？」

画面から目を離さないまま、春日部が訊いてくる。

「それはこっちのセリフなんだが……。俺はクラスで使う段ボール探しだ。近くのスーパーや薬局では手に入らなくてな」

「なるほど。似たようなものだね。僕《ぼく》も段ボールをもらいにいく——という口実で、教室を抜けてきたから」

「口実？」

奴の横顔に訊き返す。

「僕のクラスは劇をやるんだけど、演者と裏方で完全に作業が分かれてるんだ。僕は演者側なんだけど、通しの練習が終わったらもうあんまりやることがなくてね。ただ裏方さんの方も作業人員は足りてるみたいだから」

「つまりサボりか」

「ストレートだね。違うちがう、邪魔にならないように気を遣《つか》ってるんだ」

冗談《じょうだん》でも言ったかのように、ふふっと笑う春日部。瞳にはゲームの光がちかちか瞬いている。

「あえてこんな学校から離れた場所で遊んでいるのは、後ろめたさからか？」

「ネットで見たことがあって、以前からここには一度きてみたいと思っていた。今どきでは珍《めずら》しい、ひと昔前のシリーズが揃っていたりするんだ」

「あー、それは確かに。レトロゲーもあって、いいゲーセンだな」

「さすが、わかってくれるかい？　それに、もしこれがサボりだったとして、そしたらキミも同罪だ」

確かに、段ボール探しの途中《とちゆう》でゲーセンに寄っている時点で、俺にも容疑はかかってしまう。

まぁ、春日部の行動一つをとりただし、表沙汰《おもてざた》にするようなことをする気はさらさらないし、それは奴も同じだろう。

また圧勝で試合を終えた春日部が、笑いながら振り返った。

「それに、ちょうどよかった。キミとちょっと、話がしてみたかったんだ」

「俺と？」

頷きながら、奴は立ち上がる。ゲームの方は終了したらしい。

「さぁ、仕事に戻ろうか」

言って、出口の方へと歩きだす。

社会人が休憩《きゆうけい》を終えてもうひと頑張り、って感じのセリフでなんかかっこいい。まぁその仕事とやらは、ただの廃棄段ボール集めなのだが……。

話しながら一緒に行こうということなのだろう。俺の方も春日部に訊きたいことがあったし、一応本来の目的も同じらしいので、特に問題はない。

にしても、春日部は俺となんの話をしたいんだろう……。

そんなことを考えながら、俺は春日部に続いてゲームセンターを出る。その際、意識の隅《すみ》っこで、他校の男子二人組とすれ違ったことには気づいていた。

しかし——、

「おい！　待てよお前」

一音一音に濁点《だくてん》のついたような、ドスの利いた声を背中にぶつけられるとは思いもしなかった。

俺は驚いて振り返る。

先程はよく見ていなかったが、不良っぽい見た目の二人だった。一人は金髪《きんぱつ》の坊主《ぼうず》に近い髪型《かみがた》で、もう一人は茶髪《ちゃぱつ》の長髪《ちょうはつ》。どちらも制服を大きく着崩《きくず》し、耳にはピアス、開いた胸元《むなもと》には鎖のネックレスが肌の上で光っている。

なんだ？　何かしてしまったか？　それとも適当な言いがかりか。

睨みつけられるくらいなら、どうってことない。姉の星里奈《せりな》の方がよっぽど鋭《するど》い眼光を向けてくるし、姉を目当てに家の近くに寄ってくる不良に絡《から》まれることだってあった。慣れっこなのだ。

だが、実力行使となってくると話が別である。先程も言ったように、俺は平和主義者なのだ。逃《に》げるが勝ちという言葉があるが……別に負けでもいいのでダッシュで逃げよう。

斜《なな》め後《うし》ろの春日部をちらりと窺う。奴は思考が止まってしまったかのように、不良たちの方を見ながら呆然《ぼうぜん》としていた。その表情から、あれ？　と思う。もう一度不良たちの方を見ると、どうも二人の視線も真っ直ぐに春日部に向いているようだ。

「なぁ、お前、春日部だよな」

金髪不良がそう口にする。春日部は黙《だま》っている。

「変わったなぁ、パッと見じゃわからなかったぞ。どうした？　イメチェン？　色気づいたか？」と長髪不良。

春日部が調子を合わせるように引きつった笑みで口を開いた。

「そ、そうかな、特に変わってないと――」

「つーか、その制服名北？　なんでそんなとこ行ってんの？　遠いだろ」

春日部の言葉を掻《か》き消して、金髪不良が言う。

「ははーん。過去を捨てたかったってか？　調子乗ってんな」

長髪不良がそう続け、ずんずんと俺の横を通り春日部に近づいた。胸を張って身体を接近させ、上から春日部の顔を覗きこむ。

「おい、今から俺らゲーセン行くんだわ。久しぶりに金貸してくれよ。三万」

春日部は居心地《いごこち》が悪そうに身を縮ませた。目線を逸らしながら、「へへへっ」と誤魔化《ごまか》すような笑みを見せる。

「おい、出せよ」

「や、いやぁ、三万なんて持ってないから。ほんとに」

「あん？　じゃあどうすんだ？」

「ど、どうしようもないかな」

「ああん？」

長髪不良が春日部の胸倉《むなぐら》を掴《つか》む。

脇《わき》で静観しているつもりだったが、どうにもそういうわけにはいかなくなってきた。なんとか止めなければと動こうとしたとき、俺の横をさっと金髪不良が通りすぎた。

「やめとけ。今度チクられたらやばいだろ。こんな奴ほっとけ」

金髪不良は長髪不良の手首を掴んで春日部から引き離《はな》す。長髪不良は舌打ちをしながら、金髪不良に続いてゲーセンの中に入っていった。

自動ドアにゲームの騒音が遮《さえぎ》られ、急に辺りがしんと静まり返る。

俺は春日部を振り返った。大丈夫かと訊ねかけたとき、春日部は問題ないとでも言うように軽く手を上げ、乱れた襟元《えりもと》を直しながら歩き始める。俺も後に続く。

しばし、無言の時間が流れた。

なんとなく、春日部が過去にあの不良たちと関係があった——いじめられていたらしいことは察せられた。正直驚きである。

逆に春日部からすると、知られてしまった——、という気分だろうか。この場面、俺の方からはなんとも声をかけ辛《づら》い。

だんまりの空気に耐えかねたのか、スーパーの駐車場に差しかかったとき、春日部が足を止めた。

「……今のこと、十色ちゃんに言うか？」

それは思いがけない質問だった。全くそんなつもりはない。十色に、昔いじめられていたと伝えられ、距離を置かれてしまうことを心配してか。

「いや、別に」

俺がそう答えるも、春日部が「別に？」と食い下がってくる。

「別に、言わないぞ？　そう訊いてくるってことは、言われたくないんだろ？　なら言わない」

これを話したとして、十色のことなので、そんな表面的なことだけで春日部のことを判断したりはしないだろうが。ただまぁ、隠したがっていることをわざわざ伝える必要もない。

しかし、それはそれで春日部の怒《いか》りに触れてしまったようだ。

「ほぉ……。それは何？　十色ちゃんの彼氏という余裕から？」

腕を組んでこちらを見ながら、目を細める春日部。

「いや、全然、そういうわけではないが……」

「いいねぇいいねぇ。校内ナンバーワン美少女の彼氏という称号で、優越感《ゆうえつかん》に浸《ひた》ってるのか。さぞかし気分がいいだろねぇ」

奴は開き直ったかのように、口角を上げて薄く笑いながら言う。

そもそも仮初の関係なのだ。決してそんなことはない。

余裕があるわけでもない。奴に情けをかけたわけでもない。そんな、過去にいじめられていたらしいことを話してどうなるのだ、と思うのだ。

だが、春日部にとってそれは死活問題たりうるものらしい。名北高校では、隠《かく》し通す気でいたのかもしれない。それがバレて、焦っている……？

「キミからは、本当の『好き』を感じられない」

そして、奴はそう続けた。

今度は心臓がどきりと跳《は》ねた。春日部から、その言葉を投げかけられるとは。

この十色への想いが「好き」なのかどうか。考えてかんがえて、先日、今はわからないと結論づけたところだった。

「楓《かえで》から聞いてる。十色ちゃんは、楓をはじめ周囲にも、キミのことをよく話すらしい。デートのことや、キミのいいところについて。しかし、キミからは、十色ちゃんのことを想う様子が全く見られない」

少し、胸が熱くなる。十色が、俺のことを……。

でも、だからと言って、それを引き合いに出すのは……。俺たちの事情なんて何も知らないくせに、と思ってしまう。

「その本当の『好き』とやら、お前は知ってるのか？」

俺は思わずそう、言い返していた。

「十色と船見《ふなみ》、どっちが好きなんだ？　ここではっきりさせてくれないか」

春日部はぐっと喉《のど》を鳴らす。

奴の想いがどこにあるのか確認したかったが……そのまま黙ってしまった。

しかしながら、「十色」と即答しなかったことが意外でもある。これはもしかすると、船見にも十分可能性があるのではないか。

「……はっきり、か」

しばしの沈黙《ちんもく》ののち、春日部がぽつっと呟いた。地面の一点を見据《みす》え、何やら思案するような表情だ。

やがて、その視線を切っておもむろに顔を上げる。

「……すまん、少し取り乱した」

春日部は俺に謝《あやま》ると勢いよく踵《きびす》を返す。

「あっ、おい！」

呼び止めるも、その日は春日部からその場を去っていってしまった。

＊

春日部の背中が完全に見えなくなってから、俺はその場で一人空を見上げて立ち尽《つ》くしていた。

考えなければならないことが、次から次へと脳に押しかけてきているような感覚だった。

すぐに店に入って段ボール集め、なんて切り替《か》えはできそうにない。

「ふぅ」と一つ息をつき、俺はふらふらと駐車場の隅の植えこみへと歩いていく。

春日部の言うことは、確かにそうなのかもしれない。

俺は彼女の隣にずっといたいと思っているが、本物の彼氏ではないのだ。その想いが「好き」かどうか、今はわからないと自覚もしていて——ならば「好き」を感じられないと言われたことにも、納得できないとおかしい。

でも、だとして、この俺の胸にある想いはなんなんだ？

わからないなら、なぜその自分の中にある謎《なぞ》の想いを、放置している——？

十色と恋人っぽいムーブをする度に、えも言われぬドキドキを感じつつも、この宙ぶらりんの状態に違和感を覚えることがこれまでにもあった。ただ、十色との時間を楽しみながら、その思考に蓋《ふた》をしていた。向き合うことを、無意識に避けていた。

だけど、ずっとこのままじゃいけないのだろう。

それも薄々《うすうす》、わかっていた。

自分のことなのに、思考がものすごくこんがらがっている。

とにかく、まずは向き合うところからなのだ。なぜそれを遠ざけていたのか、考えて、整理して、理解しないと。

いつの間にか彩度を増した夕陽が空を銀色に染めており、俺は眩しくて目を細めた。

〈5〉ご主人様の記録、計測します

朝、玄関《げんかん》のドアを開けると、ひんやりとした空気が頬に当たる。

雲が少なく、天気は秋晴れだ。

そろそろマフラーを出す時季か……。なんて考えながら、ブレザーの襟元《えりもと》に首を引っこめる。そのまま道路に出て歩き始めたとき、がちゃんと、隣の家から予期せぬドアの開く音がした。

「おっ、正市《まさいち》！　やった！　ナイスタイミングだ！」

十色《といろ》がぱっと笑顔を咲《さ》かせ、こちらに駆けてくる。初めて見る、ハーフアップのお団子という髪型だ。お団子から下の緩く巻かれた髪が、一歩踏み出す度にふわふわ弾む。

「早いな、どうした？　いつもなら寝てる時間だろ」

「そりゃもちろん、名北祭一日目だもん！　嫌《いや》でも目が醒《さ》めちゃった。……嫌でも」

「本音はもっと寝たかったのか」

「まったく、学祭のわくわく感は睡眠妨害極《すいみんぼうがいきわ》まりないよ」

「なんというか複雑だな……」

楽しみに思う気持ちと、もっと寝たいという相反する想いが十色の中で同居していたらしい。

「でも、おかげで正市と同じ時間になった。一緒に行こっ？」

十色はふふっと笑い、俺の隣に並んでくる。

「久しぶりだな、登校で一緒なのは」

言いながら、俺は十色と二人で歩きだした。

「そういえば、星里奈《せりな》がこの前言ってた部屋着、買ってきたらしいぞ。ジャージっぽいやつ。おそろいで」

「えー、いいのにー。またお礼言わないとだね。でも、せーちゃんセンスいいから、結構楽しみかも」

そんな他愛《たあい》もない会話をしながら、ぶらぶら進む。

その間、俺はちらりと十色の方を横目で窺った。

「……張り切ってるな。髪とか」

そう、ぼそっと振ってみる。やはり、彼女の見た目について一言も触れないのは不自然かと思ったのだ。……彼氏として。

「そりゃあそうですよ。学祭だからね！　髪型、みんなで揃えよーって約束しててさ。やー、大変たいへん、そういう意味では早起きしてよかったよ」

「化粧《けしょう》も普段より濃《こ》い気がする」

「あー、正市くん、そこはいつもより可愛《かわい》いねぇでいいんだよ。彼氏レベルがまだ低いなあ。もうちょっと頑張って経験値稼《かせ》いどくべきだったか」

「彼氏育成ゲー⁉」

俺のツッコみに、十色があははと明るく笑う。

「でも、顔違うのわかるかー。確かにちょっと気合い入りすぎちゃったかも」

「まぁ、年に一度の学祭だしなー」

そうのんびり発した俺の言葉に、十色が立ち止まり身体ごとこちらを向いた。

「それもだけど、もっと大事なことがあるよ！」

俺も足を止め、十色と向かい合う。もちろん、十色の言っている意味はわかっていた。

「……カップルグランプリ、だな」

「そう！　今日はわたしたちカップルの、お披露目《ひろめ》の日じゃん！」

俺たちには、学祭でみんなとは別の目標がある。カップルグランプリでの優勝、そして全校生徒に、俺たちがカップルであることを知ってもらうことだ。

そのためには、十色のように気合いを入れて挑まなければならないだろう。カップルグランプリでどんなことをするのかはまだわからないが……。

「十色……その、髪いいな……」

遅くなってしまったが、俺はそう口にする。

「わー、今更《いまさら》だー」

十色さん、非常に棒読みな口調だ。だが、

「でも、本心だ」

そう俺が真っ直ぐ見つめながら続けると、十色は「え、あ、う、うん。ありがと」と照れたように視線を横にずらす。指先で毛先をつまんでいじりだした。

なんだか俺の方も、顔が熱くなってくる。

言わずもがな、十色のその髪型は似合っている。というか、顔がいいからどんな髪型でも似合ってしまうと思うのだが……それはさすがに褒めすぎな気がして恥ずかしい。

あと、これは少し別の感情なのだが、その珍しい髪型を見ていると、特別な日という感じがしてだんだんそわそわしてくる。

「今日、頑張ろう」

俺がそう言うと、十色も俺の方を見てにっと笑ってくる。

「うん！　絶対勝つぞ！」

俺たちは固めた拳《こぶし》を軽くぶつけ合い、それから学祭会場となった学校へと二人で歩きだした。

＊

学祭が始まる三〇分前、一年一組では一つ、大きな問題が起こっていた。

初め、教室内がざわざわしていることに気づいたとき、まさか俺の作った手持ち看板が問題の発生源となっているとは、思いもしなかったのだが……。

「なぁ、真園《まぞの》、これなんだ……？」

自席に着いていた俺のもとへ学級委員長の鈴木がきて、恐るおそるといった具合で訊ねてくる。後ろ手に持っていた看板を、俺に見せてきた。

そこに書かれていた文字を読み、俺は目を見開く。

「『ご主人様の記録、計測します。名北メイドギヌス記録！』」

看板は、正確に言うと俺が一人で作ったものではなかった。最後の文字入れの部分だけは、もう一人の共同製作人に任せていたのだ。看板製作を提案しておきながら、学祭実行

委員が忙しいからとほとんど手伝わなかった男。

ああ、犯罪の片棒を担《かつ》がされるってこういうことなのか。本当に何も気づかないうちに、事件に加担してしまっている。

「これは……これ書いたのは、猿賀谷《さるがや》だ」

「やっぱりあいつか！」

俺の言葉に、鈴木が叫《さけ》んだ。

「ねぇ、あの猿今どこいんの」

と中曽根《なかそね》が辺りを見回す。ちなみに、十色と同じハーフアップのお団子頭だ。意外と似合っている。

「お、おい、犯人を捜《さが》すぞ！」

中曽根の圧からか、数名の男子が立ち上がり廊下の方へと駆けだした。

確か猿賀谷は実行委員の直前打ち合せに行っている。ただ、学祭が始まるまでには戻ってくるはず……と思っていると、

「やあやあ。どうもみなさん、お集まりで。……ん？　どうしたんだい。そんなにお熱い視線をみんなに向けられちゃあドキドキしちゃうじゃあないか」

タイミングがいいのか悪いのか、猿賀谷が呑気な笑顔で教室前方のドアから姿を現した。

すぐに数名のクラスメイトたちが、猿賀谷を取り押《お》さえる。

「これはなんだ？」

鈴木が看板を突きつけた。

「おお、見つけてくれたかい。ちょうど今から説明しなければと思っていたところなんだ。みんな、ちょっと聞いてくれるかい？」

対して猿賀谷は、余裕たっぷりにそう話しだす。その当たり前のような堂々とした態度に、猿賀谷を拘束していた者たちの手が緩んだ。すると自由になった猿賀谷は、窓際《まどぎわ》の自分の席の方へ歩きだす。机の横にかけていた紙袋《かみぶくろ》を手に取って、中身を机の上に広げた。

現れたのは、白と黒を基調とした布の塊《かたまり》。案の定、数着のメイド服だった。

「まず一つ、前置きをしておこう。これは決してオレが、個人的鑑賞《かんしょう》を目的として用意したものではないことをここに宣言する。全ては我が一年一組の学祭成功のため」

言って、猿賀谷はそっとメイド服に触れる。

どんな特殊な訓練を受けたら、これほどまでに冷たい女子たちの視線を受けながらメイド服を優しく撫《な》でられるのか。

「学祭成功のため？　意味がわかんないんだけど」

クラスの女子を代表し、中曽根が立ち上がって口にする。

「いいかい？　この前正市と話し合っていたんだが、いかんせんこの一年一組は場所が悪い」

おい、俺を巻きこむな。

「階段をのぼって右手には一組と二組しかなく、一番奥まったところにある教室まで、全員が足を伸ばしてくれるかどうか。そこで作戦が必要だと考えた。やはりインパクトを出そうと思うと、衣装《いしょう》が一番シンプルだ。メイドが計測してくれる、と聞くと、ナニを⁉となるだろう？　男性はおそらく足を止める」

ちょっと雲行きが怪しいぞ？

「まぁ何が言いたいかというと、メイド服はあくまでコスチューム。水着や過激なコスプレなんかではない。露出《ろしゅつ》度も低いものを選んできた。元を辿《たど》れば一九世紀後半の英国における家事使用人の仕事着だ。全く変な意味はないし、実行委員会で調べたところ他のクラスでも当たり前のように使われる予定だ。……それに、着てもいいという人だけ着てくれたらいい。強制はしない。それでどうだい？　女子諸君。もちろん服は新品だ」

なんとか軌道《きどう》修正できた……のか？

心の中でツッコミを入れながら聞いていた俺は、辺りを見回してみる。

……うん。敵ばっか。

猿賀谷の奴、おそらく看板作りの協力を頼んできたときから、そもそもこれを企んでいたのだろう。実際、メイド服に釣られて客足が増える可能性は大いにあると思う。クラスの出しものの成功を考えているというのは本当なのだろうが……。

しかしどうにも風当たりは強い。猿賀谷も渋い表情になってくる。ダメか、と諦めかけたときだった。

立ちこめる暗雲を切り裂《さ》いて、一年一組の教室に女神《めがみ》が降臨した。

「あ、あ、あたし、着ても、いいぞ……？」

廊下側の席で立ち上がり、恐るおそる声を上げたのは大天使まゆ子だった。クラス全員が振り返り、まゆ子はその視線を受けて首をすくめもぞもぞと身じろぎする。

「まゆ子、あんた……。大丈夫なの？」

中曽根がどこか不安げな表情で声をかける。

何言ってるの、と否定しださないあたり、さすが中曽根だ。まゆ子のことをよくわかっている。

まゆ子の性格、キャラ的に、メイド服を着たいと言いだすタイプではない。きっとまゆ子は恋する猿賀谷のため、勇気を出して声を上げたのだ。

中曽根はそれを尊重しつつも、心配しているようだ。

まゆ子は一歩、猿賀谷の席に歩み寄り、恐るおそるメイド服に手を伸ばした。一着手に取って、広げてみる。クラシカルなロング丈のワンピースだった。

「う、うん。これくらいなら大丈夫。結構可愛いと思うし。サイズさえ合えば……」

そう言って、まゆ子はちらりと猿賀谷の方へ視線を向ける。

「お、おう！　サイズはいろいろ用意してある！　まゆ子ちゃんにもきっと合うはず」

猿賀谷も、まさかの女の子からの助け舟《ぶね》に驚いていたらしい。我に返ったような慌てた口調でそう答える。

「じゃ、じゃあＯＫだ」

まゆ子が言って、自分自身で納得するようにこくこくと何度も頷く。やはりどこか緊張している様子が見受けられる。

少し周りがざわざわしだした。そんな中、「はいっ」と元気よく手を挙げる者がいた。

「わたしも着るよ！　まゆちゃん、一緒にいらっしゃいませご主人しよ！」

十色が満面の笑みで「はいっはいっ」とアピールしている。

「十色ちゃんも着てくれるのか？」

猿賀谷が訊ねると、十色が大きく首肯《しゅこう》する。

「メイド服なんてこんな機会がないと着れないし、絶対可愛いし。別に、変に露出《ろしゅつ》が多いってわけじゃないし、健全けんぜん」

クラスメイトみんなに話しかけるように、教室内を見回す十色。

「それに、今日はお祭りだし、ね」

最後は中曽根の方を見ながら、にやりと笑ってみせた。

「……まぁ、十色もそう言うなら」

中曽根が苦々しい表情で頷く。

「うららちゃんも着るんだよ？」

「ええっ⁉」

「何言ってんの、お祭りだもん。盛り上がってこー！　ていうか、絶対似合うし！　みんなも、着たい人はみんな一緒に着よー？　交代で」

十色の奴、中々いいフォローじゃないかと俺は密かに感心する。場は穏便《おんびん》に収拾《しゅうしゅう》がつき、まゆ子が一人メイド服姿を晒《さら》すという事態も防ぐことができた。あと、発案者が感極《かんきわ》まって泣きそうになっている。

「まゆ子ちゃん、ありがとう！　十色ちゃんも。おかげでおかげで、学祭の成功も約束されたようなものだ！」

深くふかく何度も頭を下げる猿賀谷。

「や、やや、そんな、あたしは何も……」

照れたように頬を赤くしながら、まゆ子は両手と首をぶんぶん振る。猿賀谷の役に立てた嬉しさからか、顔にはほわっと緩んだ笑みを浮かべていた。

なんとか、一組の準備も学祭開始に間に合いそうである。

あとは猿賀谷、感情がこみ上げたように声を詰《つ》まらせながら一人で話しているが……、

「お、オレのために、本当にありがとう。クラスメイト、青春のメイド服姿……。絶対、何があっても、この光景は一生目に焼きつける……」

その感情は最後まで胸の奥にしまっておいた方がいいだろう、絶対、何があっても……。

*

ギヌス記録チャレンジの展示は、初日から中々盛況《せいきょう》だった。最初は主に同じ階の一年生が多く訪れ、それぞれ自分が得意と思う種目に挑戦していく。

椅子をがったんがったん机に載せたり下ろしたりする者、黒板に書かれた文字群を黒板消しで勢いよく消していく者、大量の鉛筆を猛スピードで立てていく者、など。

始まったばかりなので記録保持者の入れ替わりが速く、ちりんちりんと教室内に記録更

新のベルの音がしょっちゅう響《ひび》き渡《わた》る。

交代制ではあるが、どうも係に就《つ》いている時間はかなり忙しくなりそうだ。これが、労働……？　やばい、大人になりたくない。

自分のためにも、もう少し楽をできる出しものを考えた方がよかったか。と、案内係をこなしながら俺は考える。

一番準備に気合いを入れたストラックアウトや、前日に思いついたらしいピンポン球ゴミ箱シュートなんて競技も、かなり好評のようだ。唯一、マシュマロキャッチだけは、マシュマロ代として一回五〇円をいただいているのだが、チャレンジしたあとに食べられるからか、こちらも常に挑戦者《ちょうせんしゃ》が入っている状態だ。

仕事に追われながらも、トライしているお客さんの楽しそうな笑顔を見て、俺はほっと一安心した。

そして、客足の増加に間違いなく一役買っているのが、猿賀谷の用意したメイド服だった。先程まゆ子が手に取ったもの以外にも、いろいろな種類を準備していたらしい。

「ご、ご主人様の記録、三七回ですぅ」

メモ用紙に記録を書きこんで渡しながら、まゆ子が言う。いつの間にか喋り方までメイド口調になっているんだが……。猿賀谷の教育か？

フリルのついた肩紐《かたひも》の白いエプロンに、レース装飾《そうしょく》の黒いワンピース。ちょこんと乗ったミルクティー色のお団子頭に、カチューシャ型のホワイトブリムが載せられている。なんというか、ロリメイド……。

「お、お帰りなさいませ。ご、ごごっ、ごすじんさま」

その格好が恥ずかしいのか、中曽根は挨拶の時点から噛《か》んでいる。だけど、いくらメイド服が嫌でも、決して場の空気は乱さず頑張るのが中曽根だ。

金髪に尖った目つきにメイド服というギャップがいい。ロングのスカートに、ふわりと膨《ふく》らんだパフスリーブというディティールの一着を中曽根に割り振《ふ》ったのは、猿賀谷のセンスだろうか。グッジョブの一言である。

「うらら、照れてるね。ダメだよ、ご主人様はしっかりおもてなししないと」

そう声をかけながら近づいてきたのは、船見《ふなみ》だ。更衣室《こういしつ》で準備をして戻ってきたらしい。

その服装を見て、俺はあっと声を上げてしまいそうになる。

赤だった。こんなものも用意していたのか。

ボルドーのワンピースに、黒で縁取《ふちど》られた小さめのエプロン。襟、袖元には白のレースがあしらわれ、ちょっと小さな黒の蝶《ちょう》ネクタイをつけている。一輪のバラのような存在感を放つメイドさんが突如登場し、教室内の全ての視線が吸い寄せられた。

「な、なんか恥ずかしいね」

「で、でしょでしょ？」

注目を浴びて戸惑ったように視線を彷徨わせる船見に、中曽根が同意を求める頷きを何度も送った。

「すごい！　みんな似合ってる！　というか、この部屋天国？　空間に可愛いが溢《あふ》れてる」

鉛筆立ての記録の計測を終えたメイドさんが、振り返って話しかけた。ちょっぴり短めでふわふわのスカートが、ひらりと波打つ。

「十色、あんたはちょっとノリノリすぎ……」

「あははは、そうかな？　もともとコスプレとかやってみたかったんだー」

十色は笑いながら、そう中曽根に返事をする。

きゅっと絞られたウエストに、すらりと伸びた脚。白のひざ下ソックスで、透明《とうめい》感のある太腿《ふともも》、膝裏が露わになっていてどきっとする。なるほど、これにはあえて絶対領域を外す価値がある。

王道ながら、一番スタイルのよさが際立つ一着だ。エプロンの両端《りょうたん》についた黒のリボンが可愛らしく、襟元には紐結びのチョーカー、頭には白の飾《かざ》りつきのカチューシャ。現代日本でのメイド服の在り方であろう「可愛さ」が、しっかり引き出されているのは着用モデルがいいからか。

――本人には絶対に言えないけどな。変に調子乗りだすとめんどくさいし……。

そんなことを密かに考えていたときだった。

俺の隣に、すっと何者かが並んでくる。

「アーイハブアドリーム――。それはいつの日か、いろいろな種類のメイド服を着た女の子に囲まれたいという夢である」

「キング牧師の煩悩《ぼんのう》部分か……」

若かりし頃――思春期時代のマーティンルーサーキングジュニアの魂を引き継《つ》いだ（多分違う）隣の男に、俺は顔を向ける。

猿賀谷は満足げなしたり顔で教室内に首を巡らせていた。十色たち以外にも、あと三人、メイド服を着た女子が働いている。よく七着も用意したな。

「聞こえのいいことを並べながら、結局このメイド服祭りをやりたかっただけなんだろ」

俺は彼にだけ聞こえる小声で話す。

「何を言ってるんだい。結果が全てだろう？　クラス展示にもいい風をもたらしているし、心なしかクラスメイトたちの団結力も上がった気がしないかい？」

「それはそうだが……」

特に女子は、なんだかんだでメイド服を着て盛り上がっている。先程も、メイド姿で集まってポーズを決めたり写真を撮《と》ったりなんかしていた。

「それに、絶対に今年、夢を叶《かな》えておきたかった。一組の女子は学年の中でも比較的レベルが高い。彼女たちのメイド服姿をぜひ拝みたい。それをわかっている男子たちも、真っ先にメイド服の話を聞きつけて我がクラスに集まってきている。それを実現できたのも、正市の旦那の協力のおかげってもんだ」

「ちょいちょい俺をそっち側に引きこもうとするのやめろ……」

しかしなるほど。男の客が七割ほどを占《し》めているのが気になっていたのだが、そういう理由だったのか……。

……ふむ。

俺はつい、十色の方をちらと見てしまう。彼女は男子四人組のお客さんに囲まれながら、鉛筆立てギヌスの計測係をしている最中だ。心なしか、その男たちの視線もちらちらと彼女に向いている気がする。

妙に、うずうずした。居ても立っても居られないような。だけど何もできずもやもやとするような。

やがて男子四人組の挑戦が終わり、次に待っていたお客を案内するも、そのもぞもぞとする感覚はずっと続いていた。こんなこと、初めてだ。

客が途切《とぎ》れた際、俺は十色に近づいて耳元で話しかけた。

「この係が交代時間になったあと、暇か？」

十色がぱっと振《ふ》り向き、満面の笑みで「うん！」と頷く。

それだけで、胸がかーっと熱くなる。さまざまな方向に振り回されるような、なんだかとても不思議な気分だった。

ただこれは、今の俺にとって決して無視してはいけない気持ちな気がする……。

そんなことを考えつつも、ポジションに戻ると次の仕事がすぐにやってきた。忙しさはどんどん増していき、店番交代の時間まであっという間にすぎそうだった。

☆

待ち合わせ場所の昇降口に近づくと、スマホを見ながら立っている正市が目に入った。たまに顔を上げてきょろきょろと辺りを見回し、またスマホに視線を落とす。

正市と、待ち合わせをすることはあまりない。放課後帰るときは教室から一緒のことが多いし、どこかに出かけるにしても基本は家に集合だ。

せっかくなので、恋人ムーブをしてみることにした。

わたしは外靴《そとぐつ》に履《は》き替え、たたたっと正市へ駆け寄る。

「正市！　ごめーん、待った？」

「ああ、一〇分待ったな」

「正直者!?」

思わずツッコんでしまった。

「そこは『いやいや、俺も今きたとこだぜ！』とかでしょ」

「なんだその漫画みたいなセリフは……」

「せっかくだから恋人ムーブしたかったんだもーん」

わたしが軽く頬を膨らませてみせると、正市が苦笑《くしょう》する。

ちょっと今のは我ながら可愛い子ぶりすぎたか……？　浮かれすぎだ。キモくなかった？

わたしがそう恥ずかしくなっている前で、正市が「恋人ムーブか……」と何やら思いついたように顔を上げた。

「でもまぁ、恋人ムーブ的に言うなら、俺が先に着きすぎるのは全然問題ないんだ」

「ん？　どういうこと？」

「だって、俺が先にきて待ってないと、彼女を待たせてしまうことになるからな。だから、一〇分でも三〇分でも、平気で待つよ」

言って、正市は真剣な目でわたしを見つめてくる。

おぉ……。考えられた恋人ムーブだとわかっていても、ちょっとドキッとしてしまう。

「まぁ、たくさん待ってる方が、その間にスマホゲームが捗《はかど》るからな。対戦とかいいところだと、もう少しゆっくりきてほしいまである」

「ちょい、ムード台無し」

正市がふっと笑い、釣られてわたしも笑う。

こうしてただの待ち合わせでも、緊張感なくむしろ楽しめるこの雰囲気が、わたしは好きだ。

「ごめんね、ほんとに遅くなった」

「いや、全然」

わたしは正市の前に出ながら、改めてそう挨拶を交わす。すると正市が、わたしの頭からつま先までをじっと見てくるのがわかった。

ははん、なるほどなるほど。

「あらあら正市くん、がっかりしてるなー？　もっと見たかった？　メイド服姿。着替《きが》えないでほしかったかな？」

　にやにやしながら、わたしは訊ねる。

　猿賀谷くんが用意してくれたメイド服は数に限りがあった。計測係交代のときに、次の担当の子に託《たく》してきたのだ。少し離れた体育館にある更衣室で制服に着替えていたため、待ち合わせに遅れてしまった。

「そんな落ちこまなくても。また明日も係の時間あるから――」

「いや、よかった」

「よかった!?」

　あんまり似合ってなかったか……。メイドらしくもっとお淑《しと》やかにするべきだったか？

　最近のアニメではメイドが戦っていたりしてたんだけどな。

　そんなことを思っていると、正市が慌てたような声を上げる。

「あ、いや、メイド姿が悪かったとかじゃなくて――むしろそれは中々よかったが……」

　お、褒められてる……？

「ほんと？」

「ああ。ただまぁ、あの格好で校内をうろうろするのは目立ちすぎるだろ……」

「あー、もしかしてわたしの可愛いメイド姿を、他の男の子に見られたくないとかかかなー?」

またちょっとからかうつもりで言っただけだった。ただ、正市が何やら気まずそうに視線を横に逸らしたのだ。

あ、ほんとにそうなのか？　マジ？　だとしたら……結構嬉しいな。

なんだかこっちまで恥ずかしくなってきて、わたしも次の言葉を発せられないまま ちょっともじもじしてしまう。

今日、もうすでにいいことが三つもあった。朝一緒に登校できた、嬉しい。さっき正市の方から『暇か？』って誘ってくれた、嬉しい。それに……今の嬉しい言葉。

学祭、楽しいな。

「ふ、普通にメイドが歩いてたらおかしいだろ！　と、とにかく行くぞ」

そう言って正市が歩きだす。

わたしはふふっと小さく笑いながら、その背中を追いかけた。

カップルグランプリの案内が受付で始まっているらしく、わたしたちは受付に近い昇降口を集合場所に選んでいた。

さっそく二人で、受付にいる実行委員のもとへ向かう。

「参加希望者の方ですねー？　予選のルールを説明させていただきます」

カップルグランプリの担当らしい、おそらく上級生である真面目そうな黒髪の女の子が丁寧に教えてくれる。……予選？

「予選は本日午前中、すでに開催《かいさい》中です。内容は謎解《なぞと》き。参加されるカップルさんには、こちらの紙に書かれた謎を解いていただき、見事、その謎の答えの場所が写るように撮られたツーショット写真を記載《きさい》のメールアドレスにお送りいただくことで、本日午後の本選一回戦へのエントリーが完了《かんりょう》となります。ぜひ、名北祭を楽しみながら、挑戦してみてください」

女の子が差し出してきた二つ折の紙を、わたしは受け取った。

「ルールは三つ。

ツーショット写真の提出は正午まで。一分でもすぎれば失格です。

謎の答えを、他の参加者、参加者以外の生徒にバラさないこと。ライバルを増やすことにも繋がっちゃいますしね。

最後、学園祭は非常に混雑しています。必ず絶対、順路に従ってください。

以上です。楽しんでくださいね」

女の子に送り出されてすぐ、わたしと正市は顔を見合わせる。

「ちょっと、思ってたのと違うな」と正市。

わたしはこくこくと頷く。

「なんかもっと、わたしたちのラブラブ具合を試《ため》すようなものかと」

「ああ。それに、予選、本選一回戦って……。本格的すぎないか？　二日かけてやるとは聞いてたが……」

「……でも、ちょっとわくわくするよね。この、勝ち抜《ぬ》き戦みたいなの。最強カップル決定戦みたいな」

「わかる。予選が謎解きの時点ですでに熱い。漫画でありそう」

わたしたちはウキウキしながら、渡された一枚の紙を覗きこむ。

Ａ４サイズの長方形の用紙には、縦四×横八の三二マスのマス目が引かれていた。いくつかのマスには、左から「１」「１」「４」「２」「２」「５」と謎の数字が振られ、右下の角のマスには「迷」の文字、左上の角のマスには何やらカップのような絵が入っている。紙の右下には、答えの写真を送るためのメールアドレスが載《の》っていた。

「……わからんな」

「……なんだろね」

「『１』が二つ『２』が二つ。『３』がないってことは、単純に順番を表す数字ではないみたいだな」

「ヒントは『迷』の漢字とカップの絵だね。迷うってことは、このマス目が迷路《めいろ》になってるのかな。カップのマークは休憩？」

「迷路か。……でも、あくまで普通のマス目だしなぁ」

通路の端《はし》に寄って二人で話していたが、すぐに謎は解けそうにない。

「ねね、一日学祭回ってみる？　歩きながら考えようよ」

わたしがそう提案すると、正市も頷いた。

「確かに、これに集中してたら展示を見る時間がなくなりかねん」

カップルグランプリも大事だが、わたしは学祭の方も純粋《じゅんすい》に楽しみにしていた。このままカップルグランプリに気を取られてタイムアップなんてことになってしまったら悲しい。

なんとかこの謎も、お昼までに解かないといけないんだけど……。

わたしたちは謎の紙をちらちらと見ながら、昇降口をくぐった。瞬間、辺りは色紙やリボン、風船で飾りつけされたカラフルな空間に。展示の呼びこみの声、男の子の楽しそうなはしゃぎ声、トーンの高い興奮した女の子の声が次々に耳に飛びこんでくる。

その「学祭」という圧倒的《あっとうてき》な雰囲気に、あっという間にお祭り気分になってきた。

「どこから巡る？」

「とりあえずまぁ、順路に沿ってと言われたからな」

昇降口は北校舎と南校舎の間にあった。学祭の展示は北校舎の、一～三年の教室がある方がメインになっているので、そちらに足を向ける。廊下にも、美術部が制作したらしい翼《つばさ》の絵のフォトスポットがあったり、フェイスペイントのお店がのぼりを立てていたりして華《はな》やかだ。

だけどわたしたちの目は、最初に通りかかる教室の方に引き寄せられていた。

黒いカーテンで覆《おお》われて中が見えないその部屋からは、先程から女子、たまに男子の悲鳴が漏れ聞こえてきていたのだ。

北校舎一階には三年生、三階には二年生、四階には一年生の教室が並んでおり、昇降口から校舎に入って一番に通るのは、三年九組の教室だ。そこで行われていたのは――、

「お化け屋敷だ！」

教室前方の入口に貼られていたクラス展示の題名を、わたしは読み上げる。

「一つ目からハードだな……」「よーし、いっちょ肝《きも》でも試しときますかー」

二人同時に話して、正市とわたしは顔を見合わせた。

「あれー、正市くん。怖《こわ》いの苦手だったのかなー？」

「別に。初《しょ》っ端《ぱな》からお化け屋敷は体力を消耗《しょうもう》しそうと思っただけで、俺は平気だ。むしろ、

						5	
	1		4		2		
1			2				迷

回答用メールアドレス
CoupleGP@xxxxx.co.jp

怖いの苦手なのはお前の方だろ?」

「はーい。正市くん、彼氏なのに彼女のこと全然知らなーい。わたし、三度の飯より怪談《かいだん》話《ばなし》、背後に浮いてる奴はだいたい友達、だよ」

「背後霊《れい》と仲よくなってる⁉ 呪《のろ》われてねぇだろな」

「とにかく、行ってみようよ!」

二人でお化け屋敷なんて、とてもカップルらしいではないか。

お化け屋敷があるような遊園地に、正市と行ったことはこれまでない。せっかくなので、ここで一度体験してみたかった。

……学祭レベルのお化け屋敷だし、そこまで怖くないよね。将来何かにしても、正市、やっぱしちょっと煽《あお》ればノッてきてくれる。わかりやすい。

悪いことに騙《だま》されないか心配だ。

二人で受付を済ませ廊下で数分待っていると、順番が回ってきた。入口の垂れ幕をめくり、暗い教室の中に足を踏《ふ》み入れる。

なぜだろう。風が通るわけでもないのに、室内にはひんやりとした空気が充満《じゅうまん》していた。

ひゅーどろどろと、まさにお化け屋敷といった音楽がどこかから流れてくる。教室の蛍光《けいこう》灯《とう》は消され、ぽつぽつと灯されている豆電球の暗い灯《あか》りが頼《たよ》りだ。

黒い画用紙が張られた段ボールの壁で作られた、細い道。二メートルほど奥で左に折れており、先に何があるかは見通せない。

つい、少し正市の方に身を寄せてしまう。

正市がちらとわたしを見て、それから前を向いた。ゆっくりと足を進めだす。わたしもこくっと息を呑《の》み、彼に続いた。

いったい、あの角を曲がった先に何があるのか。

恐るおそる、二人で顔を覗かせようとして――。

「ぐわぁあ！」

目の前ゼロ距離に、突然ゾンビが現れた。

「きゃあっ！」「うお」

わたしは驚いて思いっきり叫んでしまう。やばい、心臓がばくばくいってる。

「があっ！」

またしてもゾンビが吠《ほ》えて、びくっとわたしが肩を跳《は》ね上げたとき、正市がわたしの手首をぐいっと掴んでくる。

細い通路で壁に沿いながら、わたしは正市に手を引かれゾンビの横を通り抜けた。

「お前、めちゃめちゃビビってるじゃねぇか」

「ち、ちゃうねん。びっくりさせてくる系はあかんねん」

「動揺しすぎて変な関西弁出てるぞ」

「……お、追ってこないね」

振り返れば、ゾンビはこちらを見ているが迫《せま》ってくる気配はない。よくよく見るとどこか量販店《りょうはんてん》で売っていそうなラバー製の被《かぶ》りものに、ただの黒い服という格好だ。

くそう、あんなチープなものにやられるなんて。何か怖い絵とかマネキンとかが置いてあるレベルなら大丈夫なのに……。

「よかったな、地縛霊《じばくれい》タイプみたいだ」

「いやいや、霊ちゃうねん、ゾンビやねん」

「まだやるのかエセ関西弁」

そんな正市とのやり取りで、だいぶ落ち着いてきた。と思ったら、

「じゃあ、行くぞ。次のお客さんが入ってくる」

そう言って、正市が先に進みだそうとする。

わたしは咄嗟に、彼の腕にしがみついていた。

「……どうした？」

足を止めて、正市が訊ねてくる。

「こ、恋人ムーブだよ！」

「恋人ムーブ？」

「そう！　お化け屋敷といったら、だいたいのカップルはくっついて進むものなの」

「いや、ただお前が怖いだけだろ」

「違いますー、これが普通なんですー」

言いながら、さらにぎゅっと、わたしは正市の腕を抱き締めた。

「よし、レッツゴー」

「ほ、ほんとにそういうもんなのか……？」

若干呆れ交じりの声を漏らしつつも、優しい正市はわたしをくっつけた体勢のまま進み始めてくれる。

次の曲がり角を抜けると、通路上部からひらひらと黒のビニールのようなものが垂れ下がっているゾーンに入った。このくらいなら平気のはずだけど、先程覚えた驚きからか、ついびくびく辺りを窺ってしまう。

そのビニールのトンネルを進んでいくと、やがて左右の壁もゴミ袋《ぶくろ》のような黒のビニールに切り替わった。次の瞬間だった。

がっと、ビニールの継ぎ目から何者かの手が伸びてきて、足首を掴まれた。

けるわ。


「わっ、ちょっ、きゃあっ」

わたしは思わず勢いよく足を振って手を振り解《ほど》き、そのまま走ってそのエリアを通り抜ける。

「や、やばいやばい。今の見た？　手出てきた！　え、わたしだけ？」

「ちょ、ちょ、待てまて」

わたしに引っ張られ、正市が慌てた声を上げる。走りながらも、恋人フォーメーションは維持していた。

「いきなり走るな！　素早さが犠牲《ぎせい》になってるんだ」

「あー、防御《ぼうぎょ》を固めすぎたか」

「お前防御って言ってるじゃねぇか。恋人ムーブはどうした」

「きゃー正市こわーい」

「棒読みやめ」

わたしたちはそうわちゃわちゃ言いながら、少しずつお化け屋敷を攻略していく。

血のりのついた鏡、生徒用の机の上に置かれた生首、やけに凝《こ》った落ち武者のコスプレをしたお化け。ロッカーの前を通ったときは案の定白い衣装に長い髪の幽霊《ゆうれい》が勢いよく飛び出してきた。

正市との会話で怖さは和《やわ》らぐが、やっぱしびっくりする系はどうしても慣れない。思わず悲鳴を上げ、正市にしがみついてしまう。この速まった胸の鼓動、多分正市にも伝わってると思う……。

わたしは正市に引っつきながら、どさくさに紛《まぎ》れ、そっと肩辺りに頬を引っつけてみる。暗闇《くらやみ》の中、こっそり、誰にもバレないように――。

あー、そんなこと考えたらやばい、ドキドキがすごい。この胸の高鳴りも、お化け屋敷のせいだと思ってくれるだろうか。

にしても、これがカップルでのお化け屋敷なのか……。正市も多分、わたしがさっきよりくっついていることに気づいてるだろうけど、そのままにしてくれている。妙に肌寒い空間だったはずが、今はほわっと身体の内側から温かい気分だ。怖い空間のはずなのに居《い》心地《ごこち》がいい。

出口が近い。なんだか少し、名残《なごりお》惜しい。

そんなことを考えているとすぐに、白く眩しい光がどんどん強くなってきて――。

「お疲れさまですー！」

そんな声をかけられながら、わたしたちは学校の廊下へと戻ってきた。長かったような短かったような。なんだか異界にでも迷いこんでいたような気分である。

理由のはっきりとしない深い息が、無意識に漏《も》れ出た。

「三度の飯より怪談話、はどこのどいつの話だったか」

正市がそう言ってくる。ちょっと面白がるような響きを孕《はら》んだ声だ。

「正市も、怖がってたじゃん。『うお』って」

「ちょっとびっくりしただけのめちゃめちゃ小さい『うお』を拾うな。十色には負ける」

「わたしは別にー？　ずっと冷静だったけどなー。あの壁から突《つ》き出てくる腕は、早足で突っ切ったらキャンセルできそうだなーとか考えながら」

「二周目でタイムアタックする気か!?」

正市のツッコみに、二人で笑う。

初めての、正市との学祭。……いいな、これは。

胸にうずうず湧いてくるウキウキを感じ、わたしはまた一人密かににやついた。

☆

引き続き、わたしと正市は学祭を回って楽しんだ。

トリックアートではいい写真がたくさん撮れたし、ブザーを組みこんだ本格的なイライラ棒では当たり前のようにタイムを競う勝負をした。結果、タイムどころか二人ともクリアできずイライラしたんだけど、それはそれで面白かった。

他にも教室内で開かれた手作り縁日《えんにち》や、映像研究部が撮影《さつえい》をした自主制作映画、巨大《きょだい》な段ボール迷路など。本当に多岐《たき》にわたるジャンルの出しものが用意されていて全く飽きない。さらに、劇やダンスなどは体育館のステージ、飲食物の提供で火気を扱うものはほとんどが食堂前や運動場沿いなどの屋外で発表されているという。時間が足りない。

最初は一つひとつじっくり出しものを見ていたが、すぐにこのままだとカップルグランプリの予選クリアが危なくなることに気づいた。三階の教室は流し見し、四階の一年の教室ゾーンまでのぼったわたしたちは、ゆっくりと歩きながら意味のわからなかった謎の紙を再び開いた。

「なんだろねぇ」

紙を逆さにしてみたり、裏から透《す》かしてみたりしながら、わたしは呟く。

「書かれてる数字はよくわからないが、このマス目には意味がありそうだな。四×八は特《とく》徴的《ちょうてき》だし、間違いなく何かを表している」

正市は顎に手をやり、視線を虚空《こくう》に置いて考えながら話している。

「わたしたち以外の参加者もおんなじ謎解いてるのかな」

「そうかもしれんな。あんまり凝った謎を量産するのも大変だろうし」

そんな会話をしていたら、いつの間にか四階の端っこに到達《とうたつ》してしまう。他の一年の展示はほとんど見ずにきてしまった。わたしたちの一組とは反対の八組の教室がある方だ……と思っていたのだが、

「ん？　あれ……？」

わたしは思わず辺りをきょろきょろしてしまう。

目の前に、可愛い女の子のメイドさんが現れたのだ。うっかりわたしたちの一組側にきてしまったのかと慌てたが、すぐに理由がわかった。

「お帰りなさいませ、ご主人さま～」

そう話しかけてきたメイドさんが、手に『1‐8　萌《も》えもえメイド喫茶』と書かれた看板を持っていたのだ。萌えもえって……。

「メイド喫茶……」

そう、隣で正市が小さく呟いていた。

おうおう、行きたいのか？　わたしのメイドコスプレでそういう趣味に目覚めたのか？　や、単純に可愛い女の子のところに行きたいだけなのか⁉

わたしがそう勘繰《かんぐ》りの細い目を向けたとき、正市が何やら慌てたようにわたしが持つ謎

の紙を覗きこんできた。

瞬間、わたしもはっと、彼の考えていることに気づいた。

「一階の端っこ！　段ボール迷路があったよ！」

「そうだったよな！　じゃあほぼ確定だ！」

わたしたちは目を合わせ、ハイタッチをする。メイドさんが不思議そうな顔でこちらを見ている。

カップルグランプリ予選で課せられた問題。マス目が引かれた謎の紙の、一番のヒントとなるであろうマス目の中に描かれた一つの文字とマークに関してだ。左上の角のマス目にカップのマーク、右下の角には『迷』の文字が入っていた。

先に気づいたのは正市だった。四階端の一年八組の教室でメイド喫茶が開かれているのを見て、何か気づいたような反応をした。それを見て、遅ればせながらわたしも悟ったのだ。確か一階の一番奥にあったのは、段ボールで作られた室内迷路だった。

「このマス目、学校の校舎の教室だったんだ」

改めて発したわたしの言葉に、正市が「ああ」と頷く。

横の八マスで一組から八組までの教室、縦の四マスで四階建ての校舎を表しているのだ。

そして、学祭でその教室で何が行われているかを示すマークが二つの角に描かれている。

この謎自体、しっかり今回の学祭に合わせて作られたもののようだ。それに気づけば、話がぐんと進む。

「じゃあ次は、この数字が振られている教室でなんの出しものやってるかだな」

「あっ、この一番上の『5』のところ、一年二組だよね。お隣さん、脱出《だっしゅつ》ゲームやってたよ」

「ナイス！　『5』ってことは……脱出ゲームの上から五文字目をとって『つ』か？」

「ありそう！　とにかくそこのクラスが何をやってるかだね」

わたしたちはすぐに三階へ向かおうと、近くの階段へつま先を向ける。

「微妙《びみょう》に思い出せないねぇ、確かこの辺、トリックアートとかあったと思うんだけど」

「まぁ、不安だし、もう一度確認して回ろう。あ、でも、左下の角はお化け屋敷だな。間違いない」

わたしはスマホを取り出してメッセージアプリを開き、正市とのトークルームに該当《がいとう》教室の出しものをメモしていく。

「これ、二階って職員室とか校長室とか保健室とかが並ぶ階だから、数字が一つも入ってないんだね。学祭に関係ないから」

「あー、なるほど。そういうことか」

「ふっふっふ、簡単なことですよ。この名探偵《めいたんてい》十色にかかれば、ね」

「名探偵ねぇ。マークの意味に気づいたのは俺の方が先だったが」

「わ、わたしだってほぼ同時に気づいてたもんね！　正市くんには名一般市民の称号を授《さず》けよう」

「まず探偵に就職するとこから⁉」

そんな会話をしながら、紙に基づき三階と一階の番号が入った教室を回っていく。

「待って、駄菓子屋《だがしや》じゃん。さっきこんなのあった？」

外観、内装共に昭和レトロなイメージの駄菓子屋が製作され、実際にお菓子《かし》も販売されている。急な使命感が湧いてきて、わたしはその駄菓子屋に吸いこまれていく。

「おい、時間ないぞ」

「調査だよ、調査。どんなラインナップがあるか。チョコ系のお菓子は豊富か。実行委員からの予算がどう使われているか。しっかり売り上げの帳簿《ちょうぼ》がつけられているか」

「最後の方税務調査⁉　いや、寄り道している場合か！」

「やー、ちょこー、ちょこっとだけでもー」

正市に引きずられながら教室を出て、階段を下りて一階へ。わたしたちは急ピッチで、全ての教室をチェックし終えた。

わたしが送信したメモをスマホで見ながら、正市が一文字ずつ確認をしていく。

「上の階から、脱出ゲームの五文字目『つ』、学校の伝説の一文字目『が』、トリックアートの四文字目『く』、自主制作映画上映の二文字目『し』、お化け屋敷の一文『お』、縁日の二文字目『ん』」

「学校の伝説ってなんだったんだろねぇ。他にも気になる展示、時間あったら行ってみたいなー」

言いながら、わたしは導き出された文字を改めてスマホに打ちこんでいく。

『つ』『が』『く』『し』『お』『ん』

……わからん。

一応、出しものの名前はそれぞれの教室の入口に書かれているので、『縁日』が『お祭り』などという認識の違いはないはずだが。つ、が、く……？

「わかんないね……」

わたしがそう呟くように言うと、隣で正市がふっと口角を上げた。

「順路に従って、だろ」

あ……。

言われ、わたしもすぐにぴんときた。

それはこの謎の紙をもらう際に、実行委員の女の人から説明を受けた、カップルグランプリのルール中にあった言葉だった。グランプリとは関係のない、当たり前のような注意が入ったなとは、ちらと思っていたのだ。

一階から順路を辿りながら数字が表す文字を読んでみると——、

「『お』『ん』『が』『く』『し』『つ』」

あっさりと答えが浮かんでくる。

待って、悔しい。簡単に答えられた。なんなら、当たり前だろ、って感じで答えてきた。

わたしがむーっと視線を向けていると、まるで勝者の特権とでもいうように正市がにやっと笑ってみせてくる。

くそう、覚えてろ、今度は負けないぞ。と、わたしは完全に負け犬のセリフを脳内で呟く。

音楽室の扉は開いていた。中には他に誰もいない……が、すぐにわたしたちはここにきたことが間違いでなかったことに気づく。

「あ、あれ」

黒板に、実行委員会からのメッセージが刻まれていた。

『そらを撮れ』

わたしたちは顔を見合わせると、窓の方を見る。

「謎を解いた答えが写るツーショット写真を撮れ、だったか」

正市が言った。

「そうそう。そらって、空？」

わたしは窓に近づいてそっと手をかける。鍵をあけて窓ガラスをスライドさせると、ひゅっと冷たい風が頬を撫でていった。頭上に広がるは、真っ青な秋晴れの空だ。

「ここで空を入れて二人で撮る感じか」

「多分……」

わたしがスマホのカメラを起動させると、正市が横に近づいてくる。二人で並んで、インカメラでスマホを構え——、

「…………」「…………」

しばし、無言の間が空いた。

「これ、おかしいよね」

「ああ。引っかかる部分が多いな」

やっぱし、正市も一緒の意見だった！

「そもそも『そら』ってひらがなの時点でまずおかしいよね」

「ああ。それに空なんて、どこでも撮れてしまう」

「ひねりもないしね」

「違和感だらけだ」

わたしたちはどちらからともなく窓から離れる。

「音楽室で撮れる、そら……」

そらそらそら……。

「ソラ！」

見つけた！　わたしはばばっと教室内を見回す。あった！

わたしは急いで教室の隅にあったグランドピアノへ駆け寄って、鍵盤蓋《けんばんぶた》を開いた。

「やった！」

ソとラの鍵盤に、「正」「解」のシールが貼られていた。

「くっ、一歩遅かった」と正市。

「ふっふっふ。わたしの勝ちだよ、名一般市民くん」

「まだ引っ張るか」

ツッコみつつも、本当に悔しそうな顔をしている正市が面白くて、わたしはくすっと笑ってしまう。

カップルグランプリ、すごく楽しい！　多分、きっと、正市と一緒だからだ。

わたしはなんだか嬉しい気分で正市とツーショットを撮影した。

「これでミッションクリアだねー。安心したらお腹《なか》すいてきたなー」

「いや、校内をうろうろしてる間から、たまに腹鳴ってただろ……。外の屋台行くか？」

「バレてた⁉　行こいこー！」

昔から、こうして二人で何かをする時間が大好き。

昔も今も、この先も。この時間を大事にしていきたいなー、とわたしは彼と歩きながらふと考えた。

〈6〉 いい彼女というものは、彼氏のことはなんでもお見通しなのだよ

『カップルグランプリ本選へのエントリーが完了しました。

午後一時三〇分、被服室《ひふく》にお集まりください。』

屋台で買ったフランクフルトを食べていたとき、十色《といろ》のスマホにそんなメールが届いた。

おお、なんかわくわくするな。この選ばれし者に招待状が届き場所を伝えられる感じのシステム。

と同時に、少し緊張もしてくる。全学年の中で、いったいどんな強者カップルたちが被服室に集うのか。俺たちが、通用する相手なのだろうか。

そもそも、被服室で何をするんだ？

そんなことをぼんやり考えながら、午前中は十色と学祭を満喫《まんきつ》した。

屋台を開くクラスが大声で呼びこみをし、中庭に設営されたステージの方からはカラオケ大会の歌声が流れてくる。先程通りかかったとある教室では演劇が行われており、クライマックスの結婚式《けっこんしき》のシーンで花嫁《はなよめ》がリアルな涙《なみだ》を披露していた。運動場ではちょうど今、

化学部の巨大段ボール飛行機の飛行実験が行われており、人が大勢集まってわいわい騒いでいる。

まさにお祭りという雰囲気で、自然と気分が高揚《こうよう》してくる。

そして、気づけば午後一時半が迫っていた。

十色に連れ回され、フランクフルトをはじめ、たこ焼き、焼きそば、からあげなど食べものの屋台は一通り制覇《せいは》した。お腹がもうぱんぱんだ。

やばい、食べすぎた、動けん……。

「正市《まさいち》！　遅刻《ちこく》しちゃうよ！」

俺よりも多く食べていたはずなのにぴんぴんしている十色に急かされ、二人で被服室へ向かう。苦しい……。

被服室のドアは閉まっていた。

どんな猛者《もさ》たちが集まっているのか。大きく息をつき一旦心を落ち着かせ、俺はゆっくりとドアを開いた。

「あっ、といろん！　やった！　くるの遅いぞ！」

こちらの姿を見て飛びついてくる、十色とおそろいのヘアスタイルをした小柄《こがら》な少女。

「おおお！　まゆちゃんもクリアしたんだね、あの難関を！」

「そうだ！　あたしはほとんど役に立たなかったけどな！」

まゆ子がちらりと背後に視線を向ける。

「いやいや、まゆ子ちゃんの発想力のおかげでもあったさ。二人の力で勝利をもぎとったってぇことだ」

まゆ子がいるってことは、もちろんこいつもいる。

「ふっ、待ってたぜい、正市の旦那。旦那なら間違いなくくると思ってたぜ、この本選に」

後ろから現れた猿賀谷《さるがや》が、前髪を掻き上げ、白い歯を見せた不敵な笑みを浮かべてきた。

「実行委員のお前は、予選の謎の答え知ってたんじゃないのか？」

一応気になったので、隣に並んできた猿賀谷に訊ねておく。このカップルグランプリは公平に行われているのか。

「いや、オレはカップルグランプリの運営には関わっちゃあいない。ただまぁ、予選が謎解きになることくらいは噂で聞いていたがなぁ。人数の絞りこみは本選からで、謎はあくまでも時間をかければわかるくらいのレベルにする、とも」

「なるほど」

「でも、それならもっと簡単にしてくれてもいいのになぁ。まゆ子ちゃんと二人で慌ててたぞ。謎々《なぞなぞ》レベルでよかったのに。パンはパンでも、的な」

「食べられないパンは、的な？」

「見えたら嬉しいパンは、的な」

なんだよそれ。しかもエロ猿の言うことなので、安易に答えが予想できてしまう。

「……パンツ？」

「パンティだ」

正解でいいだろ。言い直すな。

このしょうもない会話が、近くで話している十色とまゆ子に漏れていないか少しひやひやした。

しかしながら、確かに、予選の謎はそこまで難しいものではなかった。猿賀谷の言う通り、ずっと考えていればいつかはひらめきそうなレベルだ。

絞りこみはここから……。

俺は周囲に視線を巡らせる。二〇組くらいだろうか。

そもそも、人前に出てこの学祭を盛り上げようという気概のあるカップルが何組いたのかわからないが、これが予選を通過してきたカップルの数である。彼氏彼女共に目立ちたがり屋でチャラい感じのペアから、運動部っぽい爽《さわ》やかさで青春の一ページのために参加しているような二人まで、系統はさまざまだ。

　やがて時間になり、予選のときに受付に座っていた黒髪の実行委員の女子が、教室前方のホワイトボードの前に立つ。制服には違反《いはん》や着崩しがいっさいなく、やはり真面目そうな印象の女の子だ。

　この子がカップルたちを試すべく、本選の内容を考えているのだとしたら――ノリでは勝ち進めない、本当にカップルとしての格づけがなされるようなものになっている気がする。

「みなさん、お疲《つか》れ様《さま》です。また、カップルグランプリ本選にエントリーいただきありがとうございます。改めまして、私、学祭実行委員カップルグランプリ企《き》画部《かくぶ》の星泉《ほしいずみ》と申します。さっそくですが、本選一回戦ではみなさんに――」

　殺し合いをしてもらいます――なんて言葉が続きそうな絶妙《ぜつみょう》な溜めだった。

　なぜ彼女の言葉に間が空いたかというと、急に後ろのドアががらりと開いたからだ。

「ごめんなさい。ステージで劇をやっており遅れました。……もう始まってますか？」

　俺はびっくりして声を上げてしまいそうになった。

　そこに立っていた新たな参加者は、俺のよく知る人物――。

「楓《かえで》ちゃん！　に、春日部《かすかべ》くん」

　十色も小声で、驚いたような反応をしている。

カップルグランプリの優勝を目指すと宣言したとき、船見《ふなみ》は何も言っていなかった。ゲームセンターで、春日部と会話したときもだ。そして、いつも船見の近くにいる十色も、何も知らされていなかったらしい。

まさかこの二人が参加していたとは――。

「今、説明中です。慌てなくて大丈夫ですよ。扉を閉めて入ってください」

星泉さんは春日部たちが入ってくるのを待ち、改めて口を開く。

「それでは。本選一回戦ではみなさんに、料理で競ってもらいます。題して、『愛情たっぷり、恋人のための料理対決――』」

星泉さんは少しテンション高めな声音で、指でハートマークを作りながら競技名を発表する。一度辺りを見回して、特に拍手《はくしゅ》や歓声のリアクションがないことを確認し、「はい」と言って指を下ろす。……やらされてるのか？

星泉さんが「お願いします！」というと、教室前の扉から、別の実行委員が食材を載せたワゴンを運んでくる。肉、野菜、魚、フルーツと種類豊富で、まるでテレビの料理番組のように本格的だ。

「ルールは簡単。こちらの食材を使って恋人さんへの愛情たっぷり料理を作っていただきます。そんな二人の様子と、料理を、我々実行委員の選考員が審査させていただきます。

非公開で点数をつけさせていただきまして、上位半分が一回戦通過とさせていただきます」

本選に入り、勝負の内容はカップルグランプリらしいものになってきた。

――にしても、料理対決か……。

……これは中々まずいことになったかもしれない。

俺がちらりと窺うと、十色は青ざめた顔でぼそっと呟いていた。

「終わった……、わたしのカップルグランプリ……」

「あ、諦めるな」

控室《ひかえしつ》である化学室に移動してからも、十色の絶望は続いていた。

「なんで、よりにもよって、料理……」

やはり、料理に対し苦手意識を持っているらしい。以前、俺に弁当を作ってきてくれた際も、ほとんどのおかずが母親作のものだったことを思い出す。

まぁ、彼女のことだから、やればそつなくこなしてしまうのかもしれないが、ぐーたら病のせいでこれまであまり挑んでこなかったのだ。

「俺も、凝ったものは作れないしな」

女子の方が作らなければならないといったルールはなかったが、しかしながら俺も料理レベルはほとんど十色と同じようなものだ。

そんな中、グランプリという場に相応《ふさわ》しい料理を用意できるかどうか。

「まゆちゃんはキッチンのバイトもやってるし、楓ちゃんは趣味が料理だし……。うー、わたしも普段から腕によりをかけてればよかった……」

言いながら、十色は机に突っ伏す。

一〇組ずつが、制限時間四五分で料理に挑んでいくシステムだ。早く終わったカップルが教室から出ると、次の一組が入室を許可される。

順番はくじで決め、俺と十色は後半組になった。すでに初めの数カップルの審査が終わり、待っていた男女が何組か呼ばれていった。

料理中はスマホをはじめ通信機器の使用を禁ずるというルールも発表され、この控室にいる間に予習をしておこうとスマホを睨むカップルたちが多かった。そんな中、余裕そうなのが二組。まゆ子は一生懸命《いっしょうけんめい》猿賀谷に何かお喋りしており、楓は小さな鏡で化粧のチェックをしている。そう敵情視察をしていると、春日部と目が合いそうになり、俺は慌てて首を前に向けた。

……焦りが増すな。

「あー。食材、どんなのがあるかもよく見てなかった……」

机にだらんと顎を置く体勢で、スマホをいじりながら十色が言う。何か料理を検索しようとしているのだろう。

「俺もちゃんと見れてなかったが……。籠《かご》に卵がいっぱい入ってたのは目についたな」

「え、じゃあ、勝ちじゃん。卵かけご飯できるじゃん。最強メシ！　ＴＫＧ、ＴＫＧ！」

「やめろ。他のカップルたちからの一組落ちたなって視線が辛い……」

いやまぁわかるぞ、おいしいからな、卵かけご飯。あの料理はうまさとスピードの二点で特化している。普通ゲームなんかだと、二点が突出《とっしゅつ》したパラメーターのキャラは中々使えたりするものだ。ただ、今回はその相性《あいしょう》が悪かった。カップルグランプリだからな。求められるのは愛情とかそんな感じだろう。……待てよ、愛情なら卵かけご飯にも、鶏《にわとり》さんと養鶏《ようけい》農家さんの愛情がたっぷりなんじゃ——。

そんな現実逃避《とうひ》をしているうちに、時間がすぎていく。

「……とにかくやるしかないよね」

「ああ。これも頭脳バトルだと思おう。時間内で、限られた食材の中から、この一回戦通過の条件を満たす料理を生み出す」

「待って、面白くなってきた。よっし、やるぞ！」

結局、そんなふうに楽しむ方向に気持ちを持っていくしかなく、係の人に呼ばれた俺たちは無策のまま被服室へと入場した。

そこでは、先の順番のカップルたちが、バタバタと料理に取り組んでいた。被服室の広いテーブルに食材を広げ、備えつけのコンロでフライパンや鍋《なべ》を使っている。教室後方のオーブンの前では、短い列ができている。

料理が完成した者たちは、挙手をして審査員《しんさいん》の実行委員をテーブルに呼ぶ。その前で、実際に恋人に料理を振《ふ》る舞《ま》うようだ。審査員三人も少し口に運び、味の方も確かめている様子。それから三人で話し合って点数を決めるらしい。

俺たちは決められたテーブルに着いてから、しばし周りの様子を窺っていた。だいたい、流れはわかった。食材を見ようと教室前方に停《と》められたワゴンの方へ向かおうとして、俺は十色の方を見る。

十色はじっと、審査を受けているとあるカップルの方を眺めていた。作ったのはオムライスらしい。皿からはみ出さんばかりの大きなハートがケチャップで描かれている。愛情面はポイントが高い……のだろう。そしてアピールするかのように、彼女の方が彼氏に「あーん」をしている。

「ラブラブだ」

十色がぽつっと呟いた。

「これも評価に入るのかもな」

仮初のカップルである俺たちの恋人ムーブが、本物のいちゃいちゃムーブにどこまで対《たい》抗《こう》できるだろうか。

「……でもさ、ほんとにオムライスをおいしく食べたいならさ、あんなケチャップのかけ方嫌じゃない？　こう、真ん中らへんにとろーっとかけるか、全体的になみなみーってやるか」

「確かに、ハートだけじゃ少し少ない気もするが……」

「でしょ？　それが本当に愛情と言えるのか」

十色は顎を小さく指で挟み、考えこむような仕草をみせる。そしてすぐに、何か閃《ひらめ》いたような表情で顔を上げた。

「これしかない……かも」

「あるのか？　ここを切り抜ける名案が」

俺は驚きと期待の入り交じる気持ちで十色の顔を見る。

「これに賭《か》けるしか……。もう時間もないし、とにかくわたしに任せて」

ここは十色の策に託すしかないだろう。

「ああ、頼んだ」

俺の返事に大きく頷き、十色は食材ワゴンへ向けて足を踏み出した。

料理を始め、一〇分が経過した頃だった。

「これで完成だよ！」

十色がそう言って、ふぅと息をつく。

「いいのか、これで……？」

俺は目の前の料理に驚きながら、確認の意味をこめて十色に訊ねる。

本当に、これでいいのか？

「うん！　これならわたしにも作れるし……。それに正市、今食べたいのってこれじゃない？」

言われ、俺ははっとした。確かに今なら、この料理が、一番口にしっくりくるかもしれない。

十色が「冷めないうちに！」と、手を挙げて審査員を呼ぶ。三名の学祭実行委員が集まってきたところで、料理名を発表した。

「できました。彼氏への想いをこめて作りました。ジャパニーズまごころ、愛情の権化《ごんげ》、優しさの塊。その名も、『ＯＫＡＹＵ』」

「……………」「……………」「……………」

テーブルの上に置かれていたのは、茶碗《ちゃわん》によそわれた一杯《いっぱい》のおかゆだった。

訛《なま》った発音で紹介《しょうかい》されたが、料理自体は何の変哲《へんてつ》もない、ザ・おかゆ、それだけである。

審査員たちも言葉を失い、ぽかんとしていた。当然だろう。これまでありったけの愛情を掻《か》き集め相手にぶつけるような、数々の手のこんだ料理を見てきたはずだからだ。それと比べ、このシンプルなおかゆだと落差が大きすぎる。

しかしながら、これが今の俺たち――十色に出せる最善の手だと、俺も十色の策に気づいていた。

「で、ではまず、この料理を選んだ理由を教えてください。それから、その料理をお相手へ振る舞う様子を見せていただきます」

審査員を代表して、星泉さんがそう切りだす。

そこで、十色の演技が始まった。

「はい。えと……たくさんの食材を用意していただいてありがとうございます。せっかくなのでいろいろ作りたい料理はあったんですが……正市――彼が今、お腹の調子がよくなくて……」

俺は話を合わせながら言葉を引き継ぐ。

「はい。お昼、模擬店《もぎてん》ではしゃいでたくさん食べすぎてしまい……。少し気分が……」

「今回の審査では彼にも食べてもらうと聞いて、なるべく優しいものをと……。それでダメなら仕方ないかなと」

言って、十色は審査員の反応を窺う。

「なるほど……。いや、何を作っていただくかは自由なので、全然問題ないですよ。むしろ、彼女さんの彼氏さんを想う気持ちが伝わってきて非常にいいと思います。もし体調の方が優《すぐ》れないようでしたら、無理に食べていただかなくても大丈夫ですよ」

「いえ、せっかく彼女が作ってくれたものなので、もちろんいただきます」

今度は俺が言って、一歩前に進み出た。茶碗とスプーンを手に取る。

とろりとした白いお米に、緑色の大根の葉が交ざっている。テーブルには他に、ネギや鮭《さけ》のほぐし身、梅干しが小皿に載せて置かれていて、味に飽きさせない工夫《くふう》も見られる。こうして体裁《ていさい》をよく取り繕《つくろ》うのが、十色はうまいのだ(褒めてる)。

「いただきます」

俺は一口、おかゆを口に運ぶ。瞬間、ふんわりとした出汁《だし》の香りが鼻孔《びこう》を抜けていった。温かいお米が舌の上でほどけ、ほんのりとした甘さが感じられる。シャキッとした大根の葉を噛むと、今度は癖になる苦みが口の中に広がった。

「うまい」

　それは心からの一言だった。

「でしょ」

　十色がにっと嬉しそうに笑う。

　本当においしい。十色の奴、『これならわたしにも……』なんて言いつつ、想像以上の出来のものを作ってくれた。

　それに、今おかゆではなく、オムライスなんかを出されていたら、無理をして食べることになっていただろう。そうなると審査員に見破られ、マイナス点をつけられていたかもしれない。……まぁ、そもそもオムライスを上手に作れる者が我々の中にはいないのだが。

　そんな状況《じょうきょう》を打破し、さらに逆手に取ったのがこのアイデアだ。シンプルな料理をグランプリという場で正当なものに昇華《しょうか》させ、さらにカップル内の思いやりも表現することに成功した。ナイス、と十色を褒めてやりたくなる。

　あとは審査員がどう評価してくれるかだが……。

　おかゆを取り皿に移し味見をした審査員たちが、顔を見合わせる。

「ありがとうございます。審査に移らせていただきます」

　そう言って離れていく審査員たちは、驚きと、それからどこか得心のいったような表情を浮かべていた。悪くない反応に思えた。

しかし、俺が安心しかけたそのとき、

「ちょ、ちょっと待ったぁ」

手を挙げながら声を発したのは、隣にいた十色だった。

「い、い、一応ね」

そうぽそぽそ呟きながら、テーブルに置かれていたおかゆのお椀《わん》に手を伸ばす。

「な、なんだ？」

俺が訊ねると、十色が俺の耳元に口を寄せてきた。

「こ、恋人ムーブだよ。ちょいと勝率をあげるためにね。ほら、正市」

言って、スプーンを持ち上げてみせてくる。軽い口調とは裏腹に、なんだか妙に頬が赤い。

ふーふーとおかゆを冷まし、そして、彼女は例の言葉を口にする。

「はい、あーん」

お、おう。なるほど。確かに、念には念を、だ。

誰かに見られながらというのは、実に気まずいが……。俺は意を決し、口を開く。

「う、うごっ」

「あ、ごめん」

十色が突っこんできたスプーンが口内にあたり、思わず呻《うめ》き声が漏れてしまう。慣れていないのがバレバレである。

「熱くない？　お、おいしい？」

心配そうに、俺の目を覗きこむように訊いてくる十色。

「う、うまい」

そんな彼女にちょっとドキッとして、さっきよりは味がわからなかったが。

……これ、プラス評価になんのかな。

審査を終えた俺たちは、被服室を後にした。

「にしても、助かった。よくこんな作戦思いついたな」

「へへん。まぁでも、正市ほんとにちょっと食べすぎで辛かったでしょ？」

そうだ。先程も、今食べたいものとしておかゆを挙げられ、びっくりしたのだ。

お腹が苦しいなんてこと、十色には一言も言ってなかったのだが……。

俺が無意識にぽかんと十色を見ていると、

「ふっふっふ。いい彼女というものはね、彼氏のことはなんでもお見通しなのだよ！」

そう言って、十色がどやっと得意げな顔をする。

「……そ、そんなもんなのか」

いつもと違って、うまい返しが出てこなくて焦る。と同時に、俺は急に心拍数《しんぱくすう》が上昇《じょうしょう》する感覚を覚えていた。

「よーし、このままカップルグランプリ、ばっちり攻略して優勝だ！」

十色が「おー」と拳を突き上げる。

「お、おう。なんかいける気がしてきたな。俺たちなら」

まだ一回戦の結果も出ていないが、盛り上がって俺も「おー」と腕を上げる。

なんだか今が、無性《むしょう》に楽しい。学祭の雰囲気にあてられてか、十色の笑顔が眩しくてか、妙に胸の奥がじーんと温かくなってくる。不思議な心地だ。

この気分が、時間が、ずっと続けばいいのに。続いてほしい。

ふとそんなことを思い――そして、はっと気づいた。

俺はいつまでも、彼女と、この温度感で笑っていたいんだ。

今しかない。

後戻《あともど》りしそうになる思考を、なんとか食い止め、これまで遠ざけていた自分の気持ちと向き合う。目を逸らしていた理由に、触れてみる。そして思いきって、言語化してみる。

——もし、この想いが恋だったとして、それがうまく進展して本物のカップルになったと仮定したとき——今の十色との関係がどんなふうに変わるのか、俺には全く想像がつかない。

この居心地のよさが、彼女といるときの全能感が、そのまま続けばいいのだが——。

少しでも変わってしまうかもと思うと、とてつもなく不安だった。

〈7〉 隠した努力と「好き」の理由

カップルグランプリ本選一回戦通過の連絡が、十色《といろ》のスマホに届いた。

また、二日目の決勝まで勝ち進むとステージ審査があるらしく、『二人の最高のデート』というテーマで私服を持ってくるようにと書かれていた。

何はともあれ、一安心である。

時刻は午後三時。

十色はクラスの女子とも学祭を回る約束をしているそうで、結果の通知を見て喜びあったあと、俺たちはしばし別行動をすることになった。

クラブミュージックのような重低音が流れており、腹の底に響いてくる。まだ校内の盛り上がりは続いているらしい。学祭一日目の終了時刻まで、まだ二時間近くある。

どこか休めるところはないかと、俺は校内を彷徨っていた。ついでにとある人物の姿を捜しながら、ふらふらと。すると前方に、よく見知った者たちの顔を見つけた。

「お、正市《まさいち》の旦那じゃあないかい。その顔は、料理バトル、無事突破《とっぱ》したみたいだなぁ」

猿賀谷《さるがや》がこちらに気づき、声をかけてくる。

「ああ。そっちこそ、ご機嫌じゃないか」

俺がそう返すと、

「まぁねぇ。厨房《ちゅうぼう》のバイトで血反吐《ちへど》を吐くような修業を積み重ねてきたあたしにゃあ、簡単な課題だったぜ」

猿賀谷の隣で、そうまゆ子が力こぶを作るポーズを見せてくる。

キッチンバイトでいったい何が……。単純にブラックなんじゃ……。ただそこでの鍛錬《たんれん》のおかげか、まゆ子猿賀谷ペアもしっかり勝ち上がることに成功したようだ。

「そんじゃあオレはこの辺で。当日の役目はなくとも、雑務はたくさん溜まってるってもんだ。まゆ子ちゃん、明日もよろしくな」

そう言って、猿賀谷が歩きだしながら、振り返って手を振ってくる。どうやらこれから実行委員の仕事があるらしい。

それに対し、まゆ子も飛びきりの笑顔で応えていた。少し背伸《せの》びをしながら手を振り返している。

猿賀谷は廊下の角を曲がり、階段の方へ。その姿が見えなくなったとき、まゆ子がふーっと深く息をついた。

「いやー、緊張した。朝からずっと一緒なの、ほんと体力使った……」

まゆ子は脱力《だつりょく》するように肩をだらんと下げる。

「お疲れさまだな」

まゆ子が猿賀谷相手だと緊張してしまうのは、しばらく近くで見てきて知っていた。今日は本当に頑張ったのだろうと想像がつく。けど疲労《ひろう》を感じる一方、恋愛《れんあい》的にはとても充実《じゅう》した時間をすごせたんじゃないかとも思う。

「どうよ、旦那。といろんとはうまくやってる？　カップルグランプリも順調みたいで」

「旦那って、猿賀谷の呼び方がうつったか。そっちこそ、いい感じみたいじゃないか。傍《はた》から見たらラブラブカップルだぞ」

「ら、ラブラブ⁉　そんな、感情は、一切《いっさい》ございませんが……」

「まだ誤魔化すか！　カップルグランプリ出てるくらいだし、『あの二人カップル』くらいはみんなが思ってるぞ」

「そ、そうなのか⁉　……カップルか」

どこか嬉しそうに目を細めるまゆ子。

――ん？

その表情の中に一瞬愁いのような陰《かげ》を見た気がして、俺は目を細めた。

俺たちは流れで、廊下の端に寄って二人で話していた。何度か喋ったことがある上に、まゆ子の性格もわかっているので、二人でもあまり緊張はしない。

「そういえば、メイド服のときさ、猿賀谷を助けてたよな。あれは中々ファインプレーだったんじゃないか？」

猿賀谷が困っているときに、一番に味方になってやる。それにうまく成功していた。いいアピールになったのではないだろうか。

そのときのまゆ子の勇気に、俺は密かに感心していたのだ。

「あー、あれ。猿賀谷くんが喜んでくれたならよかったけど……。もともとそこまで考えてなくて、あのときは咄嗟に身体が動いてたんだよな」

「咄嗟に？」

「そうそう。だって、猿賀谷くんが頑張ってくれてたの知ってたから……。学祭が盛り上がるように、クラス展示ができるだけうまくいくように、いろいろ動いてくれてて。あたしも何かお手伝いしたいなぁと、考えてたところだったから」

「あー、なるほど」

俺はまた思わず感動してしまう。まゆ子さん、なんて純粋でいい子なんだ。

頑張っていることを、誰かが知っていてくれるなんて。猿賀谷はこのありがたさに気づいているのだろうか。『頑張り』には、認めてもらってこそ報《むく》われるという側面があると思うのだ。

特に、奴の変態キャラに隠れている真面目さを理解してくれているのは、本当に猿賀谷のことをよく見ている証拠だろう。

「猿賀谷はどうだ？　騒がしい奴だが、相性的には大丈夫なのか？」

俺は窓の方に身体を向けながら、そう訊ねてみる。

「相性……はわかんないが、一緒にいて楽しいぞ。むこうも、あたしに優しくしてくれてるのがわかる。背も高くて、顔もよくて、考え方も素敵《すてき》で……」

うっとりした顔で話すまゆ子。惚気《のろけ》ている自覚も消えてしまっているのか、恥ずかしがる気配もない。

そんなまゆ子に、少しからかいも含めて俺は訊ねてみた。

「じゃあ、本物のカップルになるのも近いか？」

……返事はなかった。まゆ子がこちらを振り向き、俺の目を見つめてくる。

想定外の真剣な眼差《まなざ》しに俺が戸惑う中、まゆ子がゆっくりと口を動かす。

「……本物のカップルって、どんなのなんだ？　教えてくれよ」

「お、俺が？」

「わかんないんだよ、あたし。これまでおつき合いなんてしたことないから。カップルになるって、どんな感じなんだ？」

その言葉に、俺ははっとした。

「……今の状態で楽しいのに、つき合ったらどうなるんだ。的なことか？」

俺が言うと、まゆ子はこくこくと激しく頷く。

「そう！　今、一緒にいるだけで幸せなのに、これ以上進んだらどうなるんだ？　って。恋人同士って、どんなのだ？　そりゃ、つき合ってないとできないこともたくさんあるんだろけど、自分が経験したことがないから……初めてのことは、ちょっと怖い。それに、つき合っていれば、別れがくることもあるだろ？　周りでそんな話しょっちゅうだ。そこまで考えなくてもいいんだろけど……いろいろ想像したりしちゃって」

「わかる！」

「や、あんたはといろんとつき合ってんじゃん」

「そ、それはそうなんだが」

思わず相槌を打ってしまうほど、まゆ子の話には共感できた。それにまゆ子の方が、俺よりもずっといろいろなことを考えている。向き合っている……。

同じような悩みを抱《かか》える者がいる。それに少し安心すると同時に、自分の気にしていたことが明確になっていくような感覚を覚えた。

「俺にだって、わからないことばかりだ。別れなんて……考えたこともない」

「縁起《えんぎ》でもないこと考えたくないよな。でも、高校生のときにつき合ってた相手と結婚なんて、滅多《めった》にないことらしいぞ。バイト先の大学四回生の先輩が、まだ高校のときからの彼氏とつき合ってて、周りのみんなに『すごいね！』って言われてた。ただそのカップルも最近、疎遠《そえん》になってきてるらしい……」

「おぉ……リアルな話やめろ……」

　でも実際、高校時代からつき合っているカップルが、そのまま結婚する割合って何％なんだろう。わからないが、かなり低いとは感じる。単純に考えて、結婚——ゴールする態勢が整うまでの時間が長くなればなるほど、別れる確率だって高くなるだろう。

……そこまで計算して、つき合うつき合わないを決めるカップルも、ほとんどいないだろうが。

「ご、ごめんごめん、変な話して。あんたたちはうまくやりなよ。あたし、応援してるから」

　しばし考えこんでしまった俺に、まゆ子が慌てたように言ってくる。

「いや、すまん、少し思うところがあって」

ばしっとまゆ子の質問に答えられるようになるまで、もう少し時間がかかりそうだ。でも、自分の中に引っかかっている何かが、少しずつ明らかになってきた感覚がある。

「そっちこそ、応援してるからな」

続けて俺は、そう声をかけた。

まゆ子の恋路《こいじ》に関しては、始まりからちょくちょく見守ってきた。結構本気でうまくいってほしいと思う。

「じゃあまぁ、お互い頑張りましょうってことだな」

言って、まゆ子が小さな拳を出してきた。ふっと笑って、俺も手を上げる。

窓辺での小さな恋愛会議の終わりは、こつんと軽いグータッチだった。

☆

わたし、楓《かえで》ちゃん、まゆちゃん。

いつものグループの中で三人がカップルグランプリに参加して、うららちゃんを一人にさせてしまった。

「十色っ！」

「楓ちゃん！　行こっか」

被服室を出て正市と別れたわたしは、楓ちゃんと合流してうららちゃんを捜し始めた。

「先に料理終わって教室行ってみたんだけど、そこにはいなかった」と楓ちゃん。

「そっかー。メッセージ送ってるんだけど、返ってこないんだよねー。どこ行ったんだろ」

うららちゃんがどこにいるのか。何も聞いておらず、全く想像がつかない。手がかりも特にないし……。

辺りをきょろきょろ見回すも、廊下は人、人、人。なんとなく、長丁場になりそうな気がした。

「てかてか、楓ちゃんもカップルグランプリ出てたんだね！」

歩きながら、わたしは気になっていた話を振ってみた。

「うん。直前に誘われて。ごめんね、言えてなくて」

「あ、や、全然ぜんぜん。でも春日部《かすかべ》くんから誘われたんだ？　それはなんというか……嬉しいね」

わたしの言葉に、楓ちゃんが「うん」と笑みを浮かべて頷く。

ふむ。春日部くんの方から誘ったのか。これは中々の脈ありムーブではないだろうか。いい感じではないか。直前に誘ったみたいだけど、春日部くんの中で何かいい方へ気持ちの変化があったのだろうか。

考えながら、わたしも自《おの》ずと笑顔になってしまう。

「そっかー。にしても、強敵すぎるライバルだ」

「あははは。でも、十色、頑張って愛の力見せつけてよ。作戦通り優勝して、最高のカップルってことを駿《しゅん》に示してもらわないと」

「やー、普通に楓ちゃんたちが強すぎるからなー」

実際につき合っているかは別として、美男美女でお似合いな二人なのだ。料理審査だってきっと、楽々の通過だろうし……。

何か、作戦を考えなければ。

「うららの奴、ほんとどこに行ったんだろ。校舎にはいないのかな？」

「あ、うん。そうだね、とりあえず外出てみる？」

わたしたちは昇降口へ行き、靴《くつ》を履き替える。中庭を通り抜け、屋台の方へ向かうことにした。

中庭のステージはこの時間ＤＪブースになっているようで、聞き覚えのあるようなＥＤＭがずんずんと響いている。踊《おど》り方に正解があるのかはわからないが、集まる人たちはみんな思いおもいに身体を揺らしていた。

その中で一人、ぴたりと動かない人がいると、嫌でも目立ってしまう。

「うららちゃん……！」

うららちゃんはステージの近くで立ちながら、じっとDJブースを見上げていた。そこに立つ、ヘッドフォンをつけながらテーブルの機材を操作する男の人を見つめているようだ。

わたしは楓ちゃんと顔を見合わせる。

「奥さんおくさん、あれ、同じクラスの中曽根《なかそね》さんじゃありませんか？」と楓ちゃん。

「そうですねぇそうですねぇ。あれは……わけありですねぇ」

「中々イケメンじゃない？」

「かなりイケメンだね」

男の人は多分先輩だ。雰囲気でわかる。ステージ近くに集まって騒いでいるのがほとんど上級生だし。

パーマをあてた茶髪で、高身長、焼けていない白い肌をしている。あんな感じの人がタイプか……というかまぁ、万人《ばんにん》受けするかっこよさだ。ちょっとチャラそうだけど。

うららちゃんが学祭の出しもの案を考えるとき、当日自由の利く展示がいいと言っていたのは、このDJタイムを必ず見にいきたかったからかもしれない。

「……今はそっとしといた方がいいよね」

わたしは静かに楓ちゃんに言う。

「うん。問い詰《つ》めるのはまただね。まったく、私たちに隠れて何をしてるのか……」

うららちゃんの方に目を細めながら、楓ちゃんは優しい苦笑いを浮かべた。

学祭で、みんな青春してるんだ。そんなことをふと思い、わたしもつい笑みを漏らしてしまう。

その雰囲気にのっかって、わたしは楓ちゃんに訊ねていた。

「ねね……。想いを止められなくなることって、ある?」

楓ちゃんがちらりとこちらを振り返る。

「……相手を好きすぎてってこと?」

「う、うん」

中庭を吹《ふ》き抜《ぬ》ける風が、髪をふわりと浮かせていった。学祭の熱狂《ねっきょう》の中だからか、その風の冷たさが際立って感じられる。

楓ちゃんはわたしの顔を見つめながら、静かに「あるよ」と言った。妙にドキッとしてしまう。

どこかスイッチが入ってしまったのか、楓ちゃんは勢いよく喋り始めた。

「もうね、全然ある。事故に遭《あ》っちゃう彼を、助けて自分が代わりに死んじゃう妄想《もうそう》とかよくしちゃう。そしたら絶対、彼にとって特別な人になれるでしょう？　一生彼の記憶に残り続けられるなら、それでいい、なんて」

「す、すごいね」

「そう？　でも最近は、一週間つき合った、とかでも満足しちゃいそうでちょっと怖い……。本当はそれじゃあ全然ダメなんだけど。でも、元カノとしてその人の人生の一部になれるなら、最悪それでもいいかなって」

言って、楓はふふっと自嘲《じちょう》気味な笑みを浮かべる。

「そ、それはまた……」

「ふふふっ、中々やるでしょ？」

なんというか、すごい、としか言葉が出てこない。ものすごい発想だ。楓ちゃんらしいといえば、らしいけど……。

でも、多分それは、そのくらい「好き」が溢れてしまっているということなのだ。

わたしも、自分なりに突っ走っちゃってもいいのだろうか。

気になるのは一つ、そんなわたしを正市がどう思うかだ――。

音楽が変わり、ひと際周りの人たちが盛り上がる。みんなその場で飛び跳《は》ね始めて、わたしたちは中庭の端へ移動した。

「そういえば、聞いたことなかったな」

わたしはふと思い出したようにそう口にした。

「何？」

楓ちゃんが、周囲の騒ぎ声に負けない声量で返してくる。

「楓ちゃんが、春日部くんを好きな理由」

わたしと春日部くんのあれこれがあったせいで、楓ちゃんの恋バナはこれまでほとんど聞いたことがなかったのだ。でも、うららちゃんやまゆちゃんにも話してないっぽいし、実は秘密にしてるのかもしれない。

楓ちゃんは微笑みながら、すっとわたしの耳元に口を近づけてきた。

こっそり秘密の約束をするような囁《ささや》き声が、鼓膜《こまく》を直接揺らしてくる。

「十色はさ、今日の放課後、時間あるの――？」

＊

「……なんでここにいるんだよ」

「俺も、ゲーセンが好きなんだ」

午後四時三〇分、学祭一日目が終了した。軽く教室の片づけをして明日の準備をし、午後五時には学校を出た。

その日、俺は目的があって、この場所へときていた。

こうして今、ゲームセンターで春日部のそばに立っているのは、決して偶然《ぐうぜん》ではない。

「なぁ、訊きたいことがあるんだが」

俺は以前のように格闘《かくとう》ゲームをする春日部の背中に話しかける。

「なんだい。わざわざこんなところまで押しかけてきて……」

そう。わざわざここまでやってきたのだ。

本当は学校で隙《すき》を見て話を聞きたかったのだが、春日部はクラスの出しもののステージやカップルグランプリへの出場で忙しそうにしており、中々そのタイミングがなかったのだ。

そんな中、十色から放課後少し船見《ふなみ》と話をすると聞き、それなら別々に帰ろうと提案をした。春日部と話すチャンスが巡ってくるかもしれないと、教室を出た俺は奴の様子を窺いにいった。

クラスの連中か部活仲間と一緒にいる可能性も考えられたが、運よく春日部は一人で帰り始めた。その時点で、どこへ向かうかはなんとなく想像がついた。俺は春日部の後をつけ、奴は案の定学校から少し離れたところにあるゲームセンターの扉をくぐった。

「単刀直入に、昨日不良っぽい奴らが言ってたこと。それと、十色にこだわる理由。何か関係あるのか？」

「………」

春日部は黙ったまま、ゲームを続ける。考えているのか、それとも答えたくないという意思表示か。しばしその状態が続く。

……ふぅ。にしても、春日部の尾行《びこう》中はやけに通行人の視線が痛かった。絶対ストーカー扱いされてた。探偵って、業務中いつもこんな気分を味わっているのだろうか。もし将来探偵になるとしたら、名探偵になって推理だけしてたい。

ただ、春日部が一人になってすぐに話しかけず、ゲーセンに入るまで泳がせた苦労には、しっかりとわけがあったのだ。

「なぁ、また何か、勝負しないか？」

俺は春日部に聞こえるように、そう口にした。

「俺が勝ったら、質問に答えてもらう。もし俺が負けたら、逆になんでも答えてやる。まあ、俺が負けるなんてことはまずないが」

春日部が振り返る。格闘ゲームの方は春日部の圧勝で勝負がついている。

「わかるぞ。お前はこの勝負から逃げられない。俺と同族だから、なんとなくわかるんだ」

一人でもゲーセンに通い、これだけゲームをやりこんでいる男が、この挑発《ちょうはつ》に背を向けるはずがない。この前のエアホッケーの試合の際、奴の負けず嫌《ぎら》いな性格も目《ま》の当たりにしている。俺と、少し似ている部分がある気がする。

そんな春日部を、こうして煽って勝負に乗らせるために、俺は居心地の悪い視線を浴びながら長い散歩につき合ったのだ。

春日部は黙ってこちらを見据《みす》えていた。静かに闘志《とうし》を燃やしているようだった。そして、おもむろに口を開く。

「……そうだな。ボクも、キミに訊きたいことがあったんだ」

自信があるのだろう。立ち上がり、にやりと口角を上げて笑う。ただ、どれだけ相手がゲームに自信があろうと、俺は――俺と十色のために必ず勝ってみせる。

「どうする？」

続けて春日部が訊いてくる。

「この前みたいに、実力差が出ないものがいいな。あと、運要素が少ないもの」

「なるほど。そうだな……」

春日部は辺りを見回しながら歩き始める。

「エアホッケーが一番公平のように見えるけど、前にやったしね。キミ、UFOキャッチャーは？　いや、条件が中々揃わないか。景品の配置、アームの強さ、確率機ってのも交ざってる」

「クイズゲームとか、どっちもプレイしたことがない音ゲーとか？　いや、あんまり勝負してる感が出ないか。メダルゲームコーナーで、制限時間内にどれだけ増やせるかとかはどうだ？」

「そうだね。それもありだけど……やっぱりもう少し面と向かって戦えるものがいいかもしれない」

そこで、春日部が足を止めた。

「テコリスはどうだい？　実力のほどは？」

春日部が挙げたのは、国民的落ちものゲーの名前だった。

「そうだな。ルールはもちろんわかるし、普通に勝負を楽しむ程度……と言えばいいか。初心者ではないが、別に練習したりしたこともない」

ゲーム機本体を購入した際、元々インストールされていたソフトの中にテコリスがあり、十色と遊んだことがあった。特に技術を極めようとしたことはないが、素人《しろうと》プレイながら勝負に熱中した記憶がある。

「それじゃあ同じくらいの実力か。……Tスピンはできるか？」

春日部が技名を挙げてきた。少しテコリスに興味を持ったことのある人ならわかる、初歩的かつ重要な技である。俺は首を横に振った。

「いや。たまたま出ることはあるが、やろうとしてもうまくできない」

「そうか。それじゃあ同じくらいだ。ボクもTスピンの理屈《りくつ》までは完全に理解はしていない。いいね。これにするかい？」

Tスピンは基本的な技ながら、相手に大ダメージを与えることのできる大事な技である。これができるできないで実力差を計るのはとても的を射ている気がした。

「ああ。やろう」

俺たちは二台あるテコリスの筐体の前に並んで座った。画面に流れるデモ映像を見ていると、部屋で十色とプレイしたときのことが懐《なつ》かしい。

それぞれ筐体に一〇〇円を投入する。

「久しぶりだな。練習はいらないか？」

「キミがしたければどうぞ？」

「……訊く必要なかったな」

俺が最後にプレイしたのは三年ほど前だ。春日部が最近プレイしたとなると不利だが……だからと言って今更違うゲームにしようとは言えない。本当に訊く意味がなかった。

「じゃあ、始めるよ」

春日部に言われ、『店内対戦』を選択《せんたく》する。ポップな字体のカウントダウンと共に、勝負が始まった。

落ちてくるミノを、形に合わせて組み上げていく。

――くっ。やりにくい。

いつもこういったゲームをプレイするときは、テレビゲーム用のコントローラーを使っていた。手で握るような形の丸いアーケードスティックの扱いはあまり慣れていない。指先での操作とは、全く勝手が違う。

そこに苦戦しながらも、ミスなく積んでいくが――。

ずんっ、と。下から灰色のブロックがせり上がってくる。春日部からの攻撃《こうげき》だ。

ちらと横目で相手の画面を窺う。

――速い！

格ゲーのときに見たものすごいスティック捌きで、素早く、正確にミノを積んでいる。

くそっ、奴はアーケード版の方に慣れているのか。丁寧に四段積み上げては、ホールドしていた長い棒で一気に消して攻撃をしかけてくる。

「くっ」

またも床《ゆか》から灰色ブロックで突き上げられた。

くそっ。防戦一方になっている。

「どうした？　そんなものか？」

はっと振り向けば、春日部がにやりとした笑みを口元に浮かべていた。俺は密かに奥歯《おくば》を噛みしめる。

なんだか昔を思い出す。確かテコリスでは、十色の方が俺より一枚上手のことが多かった。俺に勝つため攻略動画を見てきたらしく、簡単な技術で圧倒《あっとう》されたんだっけか。

いったいどんな方法だったか……。必死にミノを動かしながら、俺は思い出そうとする。

『――ふははははは！　どうだ、速いだろ！　わたしのミノ捌きには、なんぴとたりとも追いつけん。なんぴとたりとも！　……なんぴとたりとって響き、なんかいいね。ぴとぴと』

……どうでもいいこと言ってるな。いやいや。でも、何か重要なことを話していたはずなのだ。俺は首をぶんぶん振って、もう一度記憶を探る。

『——正市の敗因はさ、ミノに寄り添《そ》ってないことだよ。消されるミノの気持ちって、考えたことある……？』

……うん。今度はわけのわからないこと言ってるな。まぁ、いつもの十色である。三年前から同じなんだな。

そんなこんな思考の寄り道をしているうちに、俺はどんどん追いこまれてきていた。春日部から送りこまれるミノが積み上がり、こちらのスペースを圧迫《あっぱく》している。画面上部にミノのタワーが届きそうになり、俺は慌ててL字ミノを差しこんでラインを減らす。

このままではまずい。

負けた代償《だいしょう》として、いったい春日部は何を訊いてくるのか……。いや、負けたときのことを考えてどうする。俺にはこの勝負に勝って知らなければいけないことがある。絶対に負けるわけにはいかないのだ。

十色は勝ったあとテンションが上がると、よく手の内を自慢げに話すことがあった。テコリスのときも、何か言ってなかったか？

『──しょうがないなぁ、弟子《でし》は取らない主義なんだが、特別に教えてあげよう。えっとねぇ、レンってのがすごいんだよ。攻撃力《こうげきりょく》がどんどん増えていくの。ただのレンだけなら単純に積むだけでいいから、できるだけこれを意識するだけで、初心者には簡単に勝てるってわけですよ』

レン。

はっと俺は目を見開く。なんでそんな重要なこと、忘れていたのだろう。

レン──RENは、ミノでラインを消す動作を連続して行うことである。一REN、二RENと繋がっていき、途中で何も消さないただミノを置くだけのターンを挟むとまた〇に戻るのだ。そして、その連続REN中は、ゲームにもよるが、二倍、三倍、五倍と攻撃力が増えていく。綺麗《きれい》に積んで四段消しもいいが、一ライン消しでも躊躇《ためら》わずどんどん攻撃を繋げていくのも初心者には有効なのだ。

まだ間に合う。

俺は一瞬手を緩め、盤面《ばんめん》を睨んだ。適切な場所にミノを埋めこみ、ひとまず態勢を立て直す。

RENでの倍率をかけた攻撃。それはまだ、テコリスのルールの話である。

そのRENを、いかに効率よく打ちこむか。

『――おススメはねー、二列空けだよ。初心者は長い棒を使うために一列だけ空けて組んでいきがちだけど、右か左、二列を空けて組むの。それである程度高くなったら、落ちてくるミノを最低限の回転だけで、とにかくその二列の穴に突っこんでいく。一ライン消しになっても、ミノの欠片《かけら》が変な形に残っても気にせず、連続攻撃を一気にしかけるの。これがね、組み方の定石を覚えずにできる、初心者の手っ取り早い勝ち方』

一部分を思い出せば、どんどん過去の記憶が繋がってくる。

やりこめば、三列または四列空けたり、真ん中の数列を空けて作りながらTスピンを組みこむやり方などもあるらしいが、やはり一番作りやすくわかりやすいのは二列空けだ。

長い棒型のミノを除き、全てのテコリスのミノは回転させたら二マスを使う形になる。

俺は急いで隙間の空いた盤面を整地し、左二列を空けてミノを組んでいく。

春日部が何か怪しむような目でこちらの画面を見るのがわかった。

それでも奴は、丁寧なスティック捌きで長い棒を使った四段消しを続けるだけだ。

チャンスだ。

俺はふっと笑みを漏らす。

「終わらせてやる。約束は守れよ」

春日部の反応を待たずに、俺は攻撃を開始した。

空いた二列に、どんどんとミノを流しこむ。一または二ライン消しの攻撃が、一REN、二REN、三REN……六RENまで繋がり、一旦ストップ。すぐに空いた二列の穴の修復と、ミノの山の再建設を始める。

その間、相手のフィールドにはずずんと灰色の攻撃ミノがせり上がった。ぐんと操作できる幅《はば》が狭くなる。

「なっ」

春日部が慌てた声を上げた。

奴が場を整理する間に、俺はまたミノを積み上げ――RENでの攻撃を再開する。一REN、二REN、三REN……。間で春日部が四段消しを打ってくるが、こちらの溜まった攻撃で楽に相殺《そうさい》し、上回った分のダメージを相手に与える。

もう相手は虫の息だった。

少ないスペースで慌ててミノを回転させながら、なんとかミノをあてはめていく。

「くそっ、隠していたのか！　そんな技、その実力」

春日部が下唇《したくちびる》を噛みながら、押《お》し殺した声で言う。そんな奴の表情から目を離し、俺は最後の仕上げに移る。もうミノを高く組み上げる必要はない。余った山で、一REN、二REN、三RENと続け、相手に攻撃を送る。

「思い出したんだよ」

俺はそう、春日部に返す。

「隠してたんじゃない。埋もれてたんだ。思い出が多すぎて」

ちょっと気障《きざ》すぎただろうか。漫画みたいな言い回しをしてしまった。無性に恥ずかしい。

でも、そういうことなのだ。

昔、十色がくれたアドバイスのおかげで、なんとか俺はそのテコリス勝負に勝利することができたのだった。

＊

「これを話すのは、昨日、キミにはいろいろとバレてしまったからだ。まぁ、別に、特に珍しくもない、大したこともない話だが――。ただ、楓にもこれは、言えていない」

俺たちはゲーセンを出て、駐車場の奥にある植えこみに腰かけた。

大通りが近く車の通行音があるが、ゲーセンの中よりはましである。少し落ち着いてから、春日部は静かに話し始めた。

「確かにボクは、以前――中学生時代、いじめられていた。理由は、その容姿……。ボク、とても太っていたんだよ」

「お前が？」

俺が訊き返すと、春日部はこくりと頷く。

「キミより少し高いくらいの身長だろう？　それで九〇キロを超《こ》えていたこともあったんだから、デブだよね。思い出したくもない、醜《みにく》い体格をしていた。その頃は性格も内気で、その癖プライドは高くていじられキャラにもなれなくて……まぁ、いじめの対象になっても仕方ない要素は諸々《もろもろ》あった」

じっと前方の地面を見つめたまま、春日部は話していった。

「そんな自分が、大嫌《だいきら》いだった。ずっと、なんとかしたいとは思っていた。だけど毎日嫌がらせを受け、パシられ、あげく金までとられ……そんな日々の中、どうしたらこの現状が変えられるか全くわからなかった。ただただ一日一日を耐えるのに必死で……そんな中でも奴らに復讐《ふくしゅう》したいという思いは持ち続けていた」

春日部が顔を上げる。

「そんなある日、ボクに対するいじめがぴたっと止まったんだ」

「ほぉ」

俺は思わず小さく声を漏らしてしまった。いったい何があったのか。

「ボクをいじめていた主犯格の一人が、同じ学年で一番可愛いと噂されていた女の子に告白したんだ。そして、あっけなくフラれた。本当にショックを受けたみたいで、元気がなくなって……。それを仲間にもからかわれるようになり、気まずいのか学校もサボりがちになった。精彩《せいさい》を欠くというか、もう完全に勢いをなくして別人になっていた」

口調が少し早くなる。

「そのときボクは思いついたんだよ。ボクをいじめてきた奴の、上に立つ方法。変わろうかわろうと思いながらずっと行動に移せずにいたのは、具体的な目標がなかったからだったんだ。当時、中学三年だったボクは、高校では絶対に学年一の美少女とつき合ってやると強く決意した。そうして、ボクをいじめてきた奴らを見返してやる。心に決めてからは、一日たりとも休まず努力を重ねてきた」

春日部の口許《くちもと》には、薄い笑みが浮かんでいた。

「驚いたかい？　ボクはいわゆる、高校デビューだ」

「確かに、意外だった」

今の春日部はキラキラしており、決してそんな過去、想像がつかない。

「ははは。ボクの場合は、緻密《ちみつ》に計算された高校デビューだからね」

「計算？」

俺は眉を顰《ひそ》める。

「ああ、そうとも。まず、高校は同じ中学の連中が行かない遠い学区の公立を選ぶ。私立だと魅力的《みりよくてき》な特色があったりして、遠くても受験してくる者がいるからね。通学時間は我慢するつもりだったけど、幸い、事情を知っている親から一人暮らしを許してもらえた。次に、服装。中学時代に着ていた服は全部捨てた。まぁ、体型も変わったし丁度よかった。それで、新しい服は自分では選ばず、全部大学生の兄に選んでもらった。周りの高校生とは違う、大人っぽい服装で揃えてもらった。高校の制服も、着せられてる感、着慣れていない感をなくすため、春休み中に家に届いてからは毎日袖を通していた」

春日部は息を継ぐ。

「極めつけは部活動だ。学年一の美少女をオトす上で、一年から運動部のレギュラーというアピールは使いたかった。これは高校デビューをする上での周囲への箔《はく》にもなる。事前に名北高校《めいほくこうこう》で弱い――あまり結果が奮っていない運動部をリサーチしたところ、バスケ部が浮かんできた。上級生の人数も少なくレギュラーに入りやすい。従兄《いとこ》がバスケ部だったので、一年間、頼んで指導してもらってきた」

春日部の言う「計算」は、俺の想像を軽く超えてきた。俺自身、バスケ部のレギュラーと聞いた時点で、手品の種明かしでも聞かされた気分である。特に部活に関してのことは、春日部のことを運動もできるリア充と勝手にイメージしていたからだ。

しかしながら重要なのは、その計算の成功が、春日部の莫大《ばくだい》な努力に裏打ちされてのものである点だ。

リア充を目指すための努力。俺もその一部を齧《かじ》ったことはある。ただ、俺のは見た目を整える方面が主で、春日部はそれに加えて減量や運動部に入るためのトレーニングなどの肉体改造も行っている。並々ならぬ苦労があっただろうことは容易に想像がつく。

「まぁ、キミからしたら、そんな事情で十色ちゃんにちょっかいをかけてくれるなと思うかもしれないけどね」

そう、春日部は話を締めくくった。

まったく、その通りである。十色が学年一の美少女と噂されていることは知っているが、他にも可愛い女子はいる。

「船見はどうなんだよ」

俺はそのまま質問をする。

「彼女は……大切な女の子だ。この高校で出会ったときから気が合って、女の子としてとっても素敵で、そしてボクのことを好いてくれていて……。でも、さっきも言った通り、ボクは学年一の美少女とつき合うことを目指して、これまで頑張ってきた。それが、ボクにできる、唯一の復讐の方法なんだ」

固執《こしつ》してしまっている。頭が固くなっている。実際十色とつき合えたところで、春日部をいじめていた奴がダメージを負うわけでもないのに。

ただ、それだけが目標であり、原動力だったのだ。春日部がここまで努力してこられたのは、その目指す場所が明確になっていたからこそなのだ。

──だが、それならどうして……。

俺がもう一つ、引っかかったことを訊こうとしたとき──、

「でも、少しすっきりした」

ぽつっと、春日部が呟いた。

「ん？」

俺は少しだけ奴の方に顔を向ける。

「……この前、キミにはダサいところを見られてしまった。ボクが昔いじめられていたっ

て、言いふらされないか、実は心配していたけれどそんな様子はなかった。多分、誰にも話してないんだろう？」

「ああ、まぁ」

「……だから今日も、キミになら本当のことを話してもいいかと思えた。それに……」

言葉を区切り、小さく息をつく春日部。

「なんとなく……誰かに、この努力を聞いてほしかったのかもしれない。知っておいてほしかった。悲劇のヒーロー気取りだね。……周りの人にはもちろん話せない。楓ちゃんにも。……キミしかいなかった。そして君になら、少しだけボクの気持ちがわかってもらえる気がしたんだ」

春日部が俺の方を見つめてくる。その目にはもう、敵意らしき光は宿っていない。代わりに、幾分《いくぶん》か穏《おだ》やかに目尻《めじり》が下がっている気がした。

奴の言う通り、十色に相応しい男になりたいと行動していた俺は、春日部の努力を少しはわかってやれた気がする。

ただし、それで十色に迷惑をかけていることに関しては、やはり許せないが。

でも――、

「そういえば、お前からなんだろ？　カップルグランプリに出ようと、船見を誘ったの」

俺はそう、春日部に切りだす。十色が、船見から聞いた情報だ。先程これを訊ねようとして、話が流されていた。

「……そうだね。ボクから誘った」

「どうしてだ？　あくまで狙いは十色なんじゃないのか？　カップルグランプリなんてイベントに、船見と出るなんて」

はっきりと、名前を挙げながら訊ねる。

大事なことなのだ。春日部の思いを、今なら訊けるかもしれないと思った。

「……そうだな。なんというか、はっきり、させたいと思ったから」

「はっきり？」

「そう。キミが言ったんだろ？　はっきりさせろって。そう言われて……そろそろボクもそうしなければって思ったんだ」

言いながら、春日部はどこか気まずそうに目を逸らした。ブレザーのポケットに手を入れ、立ち上がる。

「今日はありがとう。テコリス、練習しておくよ」

そう言ってその場を後にして、そそくさと大通りの方へと歩いていった。

俺はあっけに取られ、呼び止めることができなかった。頭の中では、この前ゲーセンの前で春日部に発したセリフが繰り返されている。

『十色と船見、どっちが好きなんだ？　ここではっきりさせてくれないか』

あのとき春日部は、喉を鳴らすだけで黙りこんでしまっていた。

――その答えを、今、出そうとしている……？

カップルグランプリに出ているのを見かけたときから、おや？　とは思っていたのだ。

あぁ……。

他人のことなのに、無性に胸がドキドキした。

もしかしたら、船見にも、チャンスが回ってきているのかも――。

＊

家に帰った俺は、夜、十色に電話をかけた。

「とにかくかっこよくなるって決めて、その際の目標が学年一の美少女をオトす、だったらしい」

今日、春日部と話したことを、かいつまんで伝える。

『すごい！　よく聞き出せたね！　ふふふ、わたしがテコリスを教えたおかげか？　よくやった、弟子よ』

「弟子は取らない主義じゃなかったのか」

一応、過去にいじめられていたことや、高校デビューで頑張ったということは伏《ふ》せておく。十色にだけは……とも思ったが、ここで俺がそれをバラすのはやはりダメな気がした。

春日部は、俺を信じて全てを話してくれたのだ。

『一番って……。特に誰かがわたしを一番って決めたわけでもないんだけどなぁ』

スピーカーモードのスマホから、ぼやくような調子の十色の声が聞こえてくる。

「……まぁ、そんな噂結構あるらしいから、やっぱり一位なんじゃないか？」

一人や二人が言っていることではないらしいのだ。十色が可愛いというのは学年の共通認識だろうし、元々中学生のときから名北中の奇跡《きせき》と呼ばれていたと聞いたこともある。

そんなことを考えていると、

『正市はどうなのさ……』

そう、十色が口にした。俺は思わずスマホの方を見てしまう。

「俺？　……まぁ、そうだな。可愛いと思うぞ？」

可愛いのは、可愛いだろう。それはまぁそう思うし、一般論的《いっぱんろん》にもその通りだろうし、それを俺が否定するのも変だろうし、というか可愛くないというのは明らかにおかしいだろうし、だろうし、だろうし……。なんだか頭がパニクっている。

『一位？』

そこに十色が、重ねて訊いてくる。

「一位……じゃないか？　そもそも俺、他の女子ほとんど知らないからな」

『へー。他の女の子、ほとんど知らなくても、一位決定？』

言って、十色は『へへへっ』と声を弾ませた。

「ほとんど知らない中で一位、が嬉しいのか？」

『うん。他の子は知らなくても、わたしが一位でいいんでしょ？　逆に説得力があるねぇ』

「なるほど、捉《とら》え方次第だな……」

でも確かに、他の女子を知ろうとも思わないので、十色が一位で間違いないのかもしれない。

……恥ずかしくなってきて、俺は一人首をぶんぶん横に振る。

「と、とにかく、これでようやく、春日部に目をつけられていた理由が判明したわけだ」

『そうだね。大きな前進だ！』

「船見にも言えてないって言ってたからなぁ」

俺がそう何気なく口にしたときだった。

『えっ』

十色がそう、驚いたような反応を返してきた。「ん？」と俺は声を漏らす。

しかし次の言葉に、俺も思わずびっくりしてしまう。

『わたしも話さないとと思ってたんだけどね……それ、楓ちゃん知ってたよ……？』

☆

学祭一日目が終わったあと、わたしと楓ちゃんは二人で駅前へと向かった。

何気に二人きりでこうしてどこかへ出かけるのは初である。ほんの少し気まずさはあったけれど、最近新しくできたらしいカフェに入ろうと盛り上がっている間に懸念は全て消えていた。

「私が、春日部くんを好きな理由、だったね」

席に着いて一息つくと、楓ちゃんがさっそく本題を出してくれる。

「楓ちゃん、ちょっと楽しそうだね」

「女子同士の恋バナだもん、そりゃ楽しいでしょ」

楓ちゃんはふふっと微笑んで、カフェラテのカップに口をつけた。

春日部くんとの話をするときは、楓ちゃん、いつも嬉しそうにたくさん語ってくれる。内容は単なる甘々《あまあま》ののろけ話なんだけど、楓ちゃんみたいに美人で、ちょっと大人っぽくて、普段は冷静な女の子がのろける姿は可愛くて好きだ。いつまでも見ていられる。

そんなことを考えながら、わたしもホットココアをずずっとすする。

「私ね、恋をしたかったの。人並み以上の、素敵な恋が」

そう楓ちゃんが話し始め、わたしはココアの水面から彼女へ視線を上げた。

「もともと暗くてさ、オシャレなんかにも疎《うと》くて。目がすごく悪くて、分厚いレンズのメガネかけてた。中学のときの話なんだけど、十色ちゃん、そのときの私知ってる?」

「あ、え、えと……」

中学時代、楓ちゃんと同じクラスになったことはなかった。名北中学は地元のマンモス校といった位置づけで、一学年一〇クラスほどあり、わたしも生徒全員は把握してなかったけど……。

高校で同じクラスになって話してみて、こんな可愛い子がいたんだぁと思ったものだ。

でも、そう言われてみれば、わたしは中学時代の楓ちゃんのことを全然知らない。

「まゆ子じゃないけどさ、私も恋愛映画とかドラマとかに憧《あこが》れてさ。それで現実を見れば、周りでもキラキラした毎日を送っている人がちゃんといてさ、一方私は毎日暗い代わり映《ば》えもない日々を送っていて……同じ人類なのに、このままでいいのかと思って、奮起したわけ。いろいろ試して、手探《てさぐ》りであか抜けしていって、なんとか高校入学のとき、クラスでも可愛い子が集まるグループに入ることができた。みんな優しくて、意を決して絡みに行った私を普通に受け入れてくれたことには感謝してる」

楓ちゃんが柔和《にゅうわ》な表情で笑いかけてくれる。

そんな、全然知らなかった。楓ちゃんがそんな想いを秘めながら、一緒の輪にいたなんて。

「それでさ、十色、覚えてる？」

「えっ？」

「入学して少しした頃、一年生の顔合わせみたいなの、誰かが開いてくれて。学年の目立つ子が主に参加してて、一組の女子だと十色とうららとまゆ子が参加してた。他のクラスの女子と、バスケ部とかサッカー部とかの男子もいて、みんなでボウリングとカラオケに行ったの」

「あー、覚えてるおぼえてる」

確かその帰り道、コンビニの前で正市と偶然会ったのだ。そしてその数日後、わたしは正市に仮初彼女の告白をした。

「そのとき私、あんまりそういう遊びのノリとかルールがわからなくて。ボウリングは見《み》様見真似《ようみまね》でなんとか乗りきって、カラオケはタイミングを合わせて飲みものを入れにいったりトイレに立ったりしてうまくマイクをかわしたりして……」

「えー、全然気づかなかった」

「でしょう？　私、そういうところは上手だから。でも、リア充ってこんなに疲れるのかって……。そうぐったりしてた私に、一人だけ気づいてくれた人がいた」

それが春日部くん、と楓は軽《かろ》やかに声音を弾ませた。

「私がドリンクバーのところで休んでいたらね、春日部くんがきて、そこで初めて喋ったの。どうやら春日部くんも逃げてきたみたいで、『疲れるよな。無理するなよ』って。まだ一回も歌ってなくて、次部屋に戻ったら絶対私にマイク振られるから、何か一緒に歌える歌考えとこうって。それで、私の番で一緒に歌ってくれて」

そんなことされたらそりゃあ、初心な私はもうダメだよね、と楓ちゃん。

「それは確かに、オチるね」

「でしょでしょう？」

わたしの同意に、楓ちゃんが身を乗り出してくる。

「でもねぇ、そのとき、よくよく考えたら、春日部くんも一曲も歌ってなかったんだよね」

「ん？」

「曲を入れる機械の扱いも、なんだか慣れてないというか、よくわかってないみたいだった。じっと観察してるとね、きょろきょろ周りの様子を窺って、雰囲気に馴染もうとしてるのがよくわかった」

「それって……」

「うん。本人から直接は聞いてないけど、私と一緒だったんだ。一緒だからこそわかった。高校デビュー特有の戸惑い、緊張。口にせずとも、伝播《でんぱ》してきた」

「……春日部くんも、高校デビューかもってこと？」

「そう。後日、部屋に行くようになってから、中学の卒業アルバムとかこっそり見たんだけど、間違いなかった。あ、これ、彼には内緒《ないしょ》で」

「う、うん」

ブブッと、テーブルの上に置いてあった楓ちゃんのスマホが震えた。通知によって、待ち受け画面が表示される。

そこに映っていた春日部くんの、何気ない横顔を見ながら、楓ちゃんは愛おしげに笑った。

「自分も苦手なことばかりの中で、あの日、春日部くんは私を助けてくれたの」

穏やかな声音、優しい瞳、緩んだ表情。とにかく、本当に彼が好きなのだということが、ばしばしと伝わってきた。

「そっか。そうだったんだ――」

楓ちゃんはずっと、真っ直ぐだ。好きに、ブレーキをかけていない。初めに彼に対して抱いた想いを大切に、ずっと育て続けてきたんだ。そんな彼女が、とても眩しい。

☆

春日部くんと楓ちゃんの、「好き」の理由、知りたかったそれらのことが明らかになった。

その日、わたしと正市は電話で、明日の学祭二日目に向けて一つ作戦を立てたのだった。

〈8〉

カップルのコンビネーションを見せてみよ

今日も空は、俺たちの味方らしい。

学祭二日目も、上空は学生たちの青春を彩《いろど》るように鮮《あざ》やかな青に染まっていた。

俺が渡り廊下で一人、外の空気を味わっていると、校舎の方からこちらへ待ち人が走ってきた。

「正市《まさいち》、話してきたよっ！」

俺のそばまで近寄ってきた十色《といろ》は、膝に手をついて肩で息をする。今日も気合いを入れてか、三つ編みのツインテールという髪型だ。

「そんなに急がなくてもいいのに」

「や、それが、時間が結構危なくて。カップルグランプリ二回戦の参加者は、九時までにまた昇降口に集まらないと」

そうなのだ。どうやら二日目のカップルグランプリ本選二回戦は、朝一から実施するらしい。

今、登校してきて、学祭が始まる一五分前である。集合時間が近い。ただ、集合の前に、ひとまずここでの用件を済まさなければならない。

船見《ふなみ》に、十色から春日部《かすかべ》の秘密を一つ、伝えてもらったのだ。

――春日部くんが高校デビューって、昨日話してたよね？　正市が聞いたらしいんだけど、春日部くん、やっぱしかっこよくなることを目指して頑張ってきたみたい。それで、その過程で、学年一位の美少女？　とつき合うことを目標にしてたんだって。それが変なこだわりになって、楔《くさび》となって、今も残ってるみたい。

だから、多分、彼の本当の想いはそこにはない――。

十色はそう、船見に話したらしい。

俺が春日部から教えてもらった本当の過去は、あくまで隠しつつ、当たり障《さわ》りない部分を。

「それで、どんな反応だった？」

俺は十色に訊ねる。重要な部分だ。

「『それを知れたのは一番嬉しい』って言ってた。若干、考えこみながらも」

「考えこみながら、か……」

「やや、ちょっとだけね。基本的に、一番知りたかったことが知れてほんとに嬉しい！　って感じだったよ」

「なるほど。じゃあまぁ、作戦は決行だな！」

その言葉に、十色が俺の目を見ながら大きく頷いてきた。

俺たちは今日一日の健闘《けんとう》を祈るように、固めた拳を小さくぶつけ合った。

＊

『店番は任せろ！　君たちは安心して行ってきたまえ。戦力のメイドが三人減るのは痛いが……』

俺たちを教室から送り出すとき、委員長がかけてくれた言葉である。来客目的か、完全にメイド肯定派《こうていは》に寝返《ねがえ》っていた。まぁ、それはいいとして、俺たちがカップルグランプリに出場していることはクラス全員に知れ渡《わた》っているようだ。ありがたいことに応援ムードらしく、名北ギヌスの店番も融通《ゆうずう》を利《き》かせてくれることになった。決勝まで残ったら応援に行くと、他数名にも声をかけられた。

英雄《えいゆう》として送り出されているような、若干恥ずかしくどんな反応をすればいいかわからない気分で、俺は教室を出てきたのだった。

そして集合場所に着いたのだが……辺りを見回して、本当に俺は自分が大変な場所にきてしまったのではないかと自覚することになる。

「なんか、上級生ばっかしだね」

「ああ。というか、他の一年って猿賀谷《さるがや》たちと、船見たちだけじゃないか？」

「……なんか、みんなキラキラしているね」

「……ああ。というか、レベル高すぎじゃないか？　余裕があるというか……」

俺と十色は、周囲の出場者たちの雰囲気に圧倒されていた。

カップルグランプリなのだから、上級生が多いのは自然の摂理《せつり》だろう。同じ学校ですごす時間が長いほど、カップル率が高くなるのは当然だ。周りが全組、本当につき合っているカップルなのかはわからないが……。

それよりも問題は、昨日の一回戦のときよりは確実に、カップルたちのレベルが高くなっていることだ。

体育会系、リア充っぽい美男美女、文系っぽいメガネカップルなど、系統はさまざまだが、容姿、それに伴《ともな》う雰囲気、所作に笑顔、一つひとつが洗練されている印象である。

「こいつは中々、激闘《げきとう》になりそうな予感だなぁ。正市の旦那」

いつの間にか隣にきていた猿賀谷が、そう話しかけてくる。

「お前の容姿なら、あの中に割って入れるだろ」

客観的に見て、猿賀谷は顔がよく、その上背も高い。トレーニングをしており、身体もがっちりしている。上級生たちに交ざっても違和感はないだろう。

「ほほお、まさかお褒めに与《あずか》るとは。そういう正市の旦那こそ……顔は、全然セーフじゃあないか？」

気を遣われたようで、セリフの最後の方の失速具合がとんでもなかった。

「……顔面セーフって、ドッジボールかよ」

そもそも顔だって全然及《およ》ばないし、特に身長も高くなく体格もひょろひょろで総合したら全く勝ち目がない。周囲のリア充オーラに存在を掻《か》き消されてしまいそうだ。

そんなことを考えていたら、十色がばんと俺の尻《しり》を叩いてきた。

「ま、カップルグランプリはどんなお題がくるかわからないからねぇ。力を合わせて頑張ろー」

おー、と手を突きだす十色。

もしかすると、気づかないうちに難しい表情をしてしまっていたのかもしれない。十色の明るい声音からは、俺への気づかいが感じられた。

「ああ、勝つぞ」

俺がそう返したときだった。

実行委員同士で何やら打ち合わせをしていた星泉《ほしいずみ》さんが、こほんと咳をして前に出てきた。

「おはようございます。みなさん、カップルグランプリ二回戦にお集まりいただきありがとうございます。昨晩はよく、眠れましたか?」

昨日と変わらず落ち着いた調子の星泉さんの声が、辺りに響く。

「本日、勝ち残っているカップルは一二組。その中から二回戦を勝ち残った五組が、閉会式前に体育館で行われます決勝戦に駒《こま》を進めることになります」

ざわりと、周囲の空気が揺れる。

半分以下か。一気に絞られることになる。ただ、次が決勝と考えれば妥当《だとう》な数だろう。

作戦を成功させるためにも、なんとかそこに残らなければ……。

「では、本選二回戦でやっていただく競技ですが――」

俺はこくりと唾を飲む。みな真剣に、星泉さんの次の一声に耳を傾けていた。

星泉さんは大きく息を吸いこんだ。

「ドキッ、以心伝心！　カップルのコンビネーションを見せてみよ！　相性抜群かくれんぼ対決──」

言って、両手を合わせて構えた銃で、バン、とこちらを撃《う》ち抜《ぬ》くような仕草を見せてきた。

「…………」「…………」「…………」

「えー、みなさんには、かくれんぼを行っていただきます」

呆気《あっけ》に取られてうまく反応できない俺たちを見回し、星泉さんは普通の調子で話し始めた。

なんか料理対決のときもあったな、この急激なキャラ変のくだり。やらされてんのか？

……いや待て、かくれんぼ!?

「女性の方たちが隠れる側、男性の方たちが見つける側です。女性の方たちにはこちらがお配りする、カップルグランプリ参加中とわかるリストバンドを手首に見えるようにつけて、校内のどこかに隠れていただきます。女子トイレと、部屋で内側から鍵をかける行為は禁止とします。そして、男性の方々には、隠れた女性たちを捜していただきます。ご自身のパートナー以外の女性を、です。見つけた際は、すぐに実行委員に連絡をしてください。隠れている女性が残り五人になったところで、校内放送でお知らせします。五人の女性たちとそのパートナーが、決勝戦に進出となります」

何かと思えば……少しルールは特殊だが、やっていることは本当にかくれんぼだ。

「面白そう！」「かくれんぼは得意だったんだ！」「あたし、絶対逃げきるね！」

そんな参加者たちの声が耳に届く中、俺は引っかかりを覚えて少し考えこんでいた。

本当に、このちょっと変わったかくれんぼが、この高校のベストカップルを決める、カップルグランプリの本選でいいのか？

一回戦に比べ、恋人要素が全くなくないか？

しかし、俺の疑問をよそに、星泉さんはどんどん話を進める。

「女性の方々、申し訳ございませんが、かくれんぼの間、スマートフォンは実行委員で預からせていただきます。責任を持って、管理いたします。パートナーと連絡を取り合う不正を防ぐためです」

こちらに回収させていただきます、と星泉さんの隣で実行委員の男子が黒い布袋を持ち上げてみせる。手には丁寧に白手袋《てぶくろ》がはめられていた。

「さぁ、スマホを預けた方から逃げてくださいね！　一〇分後、男性のハンターたちがこの場から動きだします。それまでに、絶対に見つからない場所へ。逃げて、隠れて。そして、パートナーのことを信じて。さぁ！」

その言葉に、女子たちが動きだす。

なんだか急かされているような気分だった。見つけた際タッチの必要は？ とか、隠れる場所の禁止区域は？ とか。まだ細かいルールで訊きたいこともいくつかあったのだが、質問タイムもなしである。

「正市！ 頼んだぜ！」

十色が実行委員の方に向かいながら、振り返ってにっと笑ってくる。

「あ、ああ。そっちこそ！」

スマホを実行委員に預けた十色が、俺に手を振りながら校舎の中へと入っていく。まゆ子、船見の姿もそのあとに続いていった。

間もなく、周りは男子だけのカップルグランプリらしからぬ絵面ができあがる。

「――それでは、ルール説明の続きをさせていただきます」

はっとして、俺は声の主を見た。

星泉さんは、ざわつく男子を見回して、軽く頭を下げてみせてくる。

「続き、というのは少しおかしいかもしれません。ここからが、本当のルール説明です」

本当の？ ということは、先程までの話は嘘？

「ここに残った男性の方たちには、それぞれ、今必死に隠れているだろう自分のパートナーを、見つけにいっていただきます。ご自身のパートナーがどこに潜《ひそ》んでいるか、本物の、相性抜群のカップルであれば、すぐにわかりますよね。二人揃ってこの場所に戻ってきてください。先着五組が、決勝戦へ進出です」

まさかの展開に、俺はぽかんと口を開けたまま星泉さんの説明を聞いていた。

女子たちは――十色は今、鬼《おに》である男子陣《じん》に見つからないよう全力で隠れている。しかしそれは、実行委員側が考えたゲームのための下準備にすぎなかった。俺たちはこれから、連れ添《そ》ってきたパートナーの行動を推測しながら、彼女たちのもとへと辿《たど》り着かなければならない。

「禁止事項《じこう》は二つ。友人や協力者と共に、人海戦術で彼女さんを捜すこと。周りに彼女さんを見なかったか訊ねるくらいはセーフとします。また、大きな声でパートナーを呼びながら捜し回ること。校内を巡回《じゅんかい》する実行委員がこれらの行為を見かけた場合、その男性のカップルは反則負けとします。あ、あと、校舎内は走らず、早歩きで」

星泉さんはちらりと、手元でスマホを確認する。おそらく女性陣が出発してからの、時間を確認したのだろう。そして、すっと息を吸い、

「さぁ、これこそが本当の、相思相愛かくれんぼ！　みなさんはナイトです。怯《おび》えて身を隠すお姫様《ひめさま》を、一刻も早く助け出すのです！　よーい、スタート！」

俺たちはパートナーを見つけに、一斉《いっせい》に走り出した。

＊

俺は一人、頭を抱えてしまいそうになっていた。

以心伝心、相思相愛、カップルのコンビネーションなどというが、お互いのことをよく知っているからこそ、わかることがある。わかってしまう、ことがある。

十色はかくれんぼで隠れるのが、めちゃめちゃうまいのだ……。

校内を捜し回っていた俺は、立ち止まり、親指と人さし指で眉間を押さえる。

小さい頃、俺と十色の家（庭を含む）の範囲《はんい》でかくれんぼをすることがたまにあった。そんな狭い範囲でも、十色は全く見つからないのだ。というか、そういった子供の遊びでも、本気を出して本格的に隠れてくるのだ。押し入れの一番奥の布団《ふとん》の隙間なんて序の口。床下《ゆかした》、天井裏《てんじょううら》はもちろん、ベランダから屋根にのぼっていたり、裏庭のごみ箱の中に入ってどうやってか上から落ち葉をかぶせていたり。

はっきり言って、十色の実力に校内という広いフィールドを掛け合わせると、浮かんでくるのは絶望の二文字だった。

「……や、そんなこと考える前に、捜さないと」

学祭二日目も盛況をみせており、生徒と来客で校内はごった返している。校内放送では、各クラスの出しもののアピールタイムとして生徒が自由に喋れるようになっており、そちらもざわざわ騒がしい。

人を隠すなら人の中？　いや、俺と違い十色は知名度がある。目撃《もくげき》情報で辿られる危険は避けているはずだ。

一人になれる場所……。屋上？　そんな誰でも考えつきそうな場所には行かないだろう。空き教室のロッカーの中とか……違うか。そこだって、誰かが開けて回らないとは限らない。うっかり思いつかれた時点でゲーム終了な選択肢《せんたくし》は、きっと十色は選ばない。

……くそ。考えろ。二人でのかくれんぼ経験なら、間違いなくどのカップルにも勝るはずなのだ。

俺がふらふらと廊下を歩きながら、十色の行動パターンをなんとか予測しようとしていたときだった。

「正市の旦那ぁ」

後ろから、同じくへろへろとした足取りの猿賀谷が近づいてきた。

「手こずってるみたいだな」

「まゆ子ちゃん、いったいどこに隠れたのか。かくれんぼは昔からやってたから得意分野だって張りきっていたからなぁ……」

ああ……。確かまゆ子は、幼い頃男の子とばかり遊んでいたと言っていた。その中で培《つちか》われた経験と技術と、あとその小柄な身体を駆使《くし》して隠れているのだろう。猿賀谷もまた、かくれんぼの上級者をパートナーに持ってしまったようだった。

「旦那も中々厳しい顔じゃあないかい？」

「まぁなぁ……。とにかく、頭は動きながらでも使える。手《て》あたり次第《しだい》捜しつつ、十色の行方《ゆくえ》を推理していこうと思う」

「お、オレも！　こんなとこで喋ってちゃあいけねぇな」

そんな会話を交わし、俺たち二人は前を向く。

――なんの偶然だろうか。

そのときちょうど、俺たちは見てしまった。

三階から階段で下りてきた春日部と船見が、二階の廊下を少し通り、一階へ向かう階段へと歩いていく姿を――。

俺と猿賀谷は驚いた表情で顔を見合わせ、すぐに春日部たちのもとへと駆け寄った。

「お、お前ら、もう合流できたのか？」

俺の声に、二人が振り返る。

「やあ、キミか。まぁね、一足先に休ませてもらうよ。と言っても、全部楓《かえで》のおかげなんだけどね」

言って、春日部がちらりと船見の方に視線を送った。

「全部、船見の？」

女性陣は先に隠れ、本当のルール説明を受けていない。そんな条件の船見が、いったい何をしたというのだろう。

俺と猿賀谷の懐疑《かいぎ》交じりの視線を受けた船見は、どこか気まずそうに顔を逸らした。

「私のおかげなんて……。たまたま、ミスをしたことが結果オーライになっただけよ」

「どういうことだ？」

何かこのイレギュラーかくれんぼを攻略するヒントにならないかと、俺は訊ねる。

「いや……偶然ばったり、鬼の三年生男子に出くわしてしまったの。その人は私の顔を見て、それからリストバンドを見て……それでも私をスルーしてどこかへ行ってしまった。何か、急いでいるみたいだった。おかしいと思った私は、隠れつつも鬼の男子を捜しに動いた。もう一人、参加者で顔を覚えていた二年生を見つけて、様子を窺っていたんだけど……その人、同級生に自分の彼女がどこに行ったか知らないか訊いて回っていて、これはやっぱりおかしいと思って、私は春日部くんを捜すことにしたの」

なるほど。ちょっとした事故からこのゲームに疑問を覚え、それを確かめるために動いたのだという。さすが船見、というべきだろう。

「楓ちゃんは、このかくれんぼの本質に迫って、いち早くボクを迎《むか》えにきてくれたんだ。助かったよ。本当に」

「ぜ、全然ぜんぜん」

春日部に言われ、船見はどこか照れたようにぱたぱたと身体の前で両手を振る。最初はうっかりのミスからだが、結果がオーライすぎる。

十色も同じように気づいてくれればいいが……。

にしても、この二人で、決勝進出の枠が一つ削れた。あと四つ。いや、もうすでに埋まってきているかもしれない。

「……なるほど。わかった。ありがとう。俺、ちょっと急ぐから」

そう言って、俺は踵を返す。どんどんと、焦りが増してきていた。

後ろから、「今日の勝負はボクの勝ちかな？」と面白がるような声が飛んできて、それに対してだけは強がるようにひらひらと手の平を振っておいた。

運動場、中庭、裏庭、体育館裏。どこを捜しても見つからない。植えこみの茂《しげ》みの中、人が座るベンチの下、あげくゴミ置き場の前まで。確認していくが彼女の姿はない。

途中、リストバンドをつけた他のカップルの女子を見つけたが、構っている暇はなかった。「あれっ？」という顔をされたのが気がかりである。真ルールに気づかれなければいいが。……あと何組だろう。

開始から二〇分が経過していた。ゲーム終了を告げる校内放送はまだ聞こえてこない。とにかく全力疾走《しっそう》で移動し、気になる場所をチェックしていく……が、体力も限界に近づいてきていた。普段、運動なんて滅多にしないのだ。

ここだろうと思った、運動場の備品倉庫に辿り着いた。しかし、サッカーボールのカゴの裏にも、ハードルの陰にも、古くなった体操マットの隙間にも、彼女の姿はない。

ふらふらと倉庫を出た俺は、その場で膝に手を突いた。

もう、見つからないのではないか……。

昔、二人でやっていたかくれんぼでも、十色が最後まで見つからず俺が負けるというパターンがよくあった。あんまりにも見つからないので、ちょっとほったらかしにしていても、彼女の方からは出てこない。

負けず嫌いの俺は、いつも、『おやつの時間だぞー』と声をかけていた。大声でそう呼ぶと、十色が勝ち誇《ほこ》った笑みを浮かべながらどこからかひょっこり姿を現すのだ。

幼い頃の、二人で遊んでいた記憶がどんどん蘇ってくる。

そこで俺はふと気づき、その場で顔を上げた。

――待てよ？

この方法なら、十色と連絡が取れるかもしれない。スマホを持たず、どこかにひっそり身を隠す十色に、こちらの合図を伝える方法。

俺は急いで走りだした。時間がない。一刻も早く辿り着かなければ。

運動場を駆《か》け抜け、昇降口へ。廊下を通って階段に飛びこむ。

――そういえば、一度、かくれんぼでどうしても見つからなかったとき、おやつはないけどそのセリフで彼女を呼び出したら、めちゃめちゃ怒られたことがあったっけ。

今回は緊急《きんきゅう》事態なのだ。多分、許してくれるよな……。

そんなことを考えながら、俺は辿り着いた放送室のドアを開ける。クラスの出しものの宣伝にきたと伝え、マイクの前へ案内された。

そして、すっと息を吸う。

『おやつの時間です！　一年一組でおやつを食べませんか？　同時にギヌス記録――名北

ギヌスに挑戦していただけます。マシュマロキャッチ、ラムネ早食い！　さぁ、おやつの時間！　みなさん、一年一組の教室でお待ちしています』

☆

幼い頃から繰《く》り広げてきた正市との勝負の中で、かくれんぼは数少ない勝ち越《こ》ししている競技ではないだろうか。

悔しそうな渋い表情できょろきょろとわたしを捜す正市の顔を、壁と壁の間や小さなチャックの隙間なんかからこっそり覗きながら、必死に笑いを堪えていたのはいい思い出である。

正市のやつ、絶対に『俺の負けだ』とは言わなかったんだよなー。おやつの時間だーなんて言って、負けず嫌いなんだから。わたしはそれを降参の合図と捉え、毎回出ていっていたのだ。

――今の、正市の声だよね？

今回その降参の合図は、校内放送のスピーカーから流れてきた。

わたしは化学準備室の、整理棚《せいりだな》の一番下の段に隠れていた。ここは右側の扉が壊れていて開かず、左側の扉だけ内側から何かを突《つ》っ張り棒のようにしておけば、扉が両方動かずあたかも鍵がかかっているように見せかけられる。

以前、この場所を見つけたときから、もし学校がテロリストに占拠《せんきょ》されたらここに潜んで反撃《はんげき》の機会を窺おうと妄想していたのだ。

そんな、扉の隙間から一筋の細い光が差しこむだけの暗い空間で、わたしはその校内放送を聞いたのだった。

……おかしい。まだカップルグランプリのかくれんぼは終わっていないはずで、ここから出ていっちゃダメなはずだけど……。

でも、おやつの時間ってことは、かくれんぼはおしまいなのだ。正市がそう言うってことは、そうなのだ。

きっと、何か意味がある。正市を信じる以外にない。

わたしは突っ張り棒にしていた黒板用の長い定規を外し、整理棚の暗闇から飛び出した。

眩しい光に目を細めながらも、廊下へと走り出す。一年一組の教室へ。

人混みを掻《か》き分け、南校舎へ。階段を四階まで駆け上がる。自分の教室が見えてきた。

「——正市っ！」

教室の前でジャンプをしながら手を振る正市の姿を見つけ、わたしは大きく名前を呼ぶ。

すると、彼もこちらに近づいてきた——と思ったら、

「十色っ、行くぞ！」

急にわたしの手を握り、正市がまた反対方向に廊下を走り始めた。

「ど、どしたのさ！」

「このかくれんぼには、本当のルールがあるんだ！」

わたしは走りながら、手短に正市から事情を聞いた。急ぐ理由を理解する。

「昇降口まで、二階を通って移動した方がいいよ！　職員室とかの階で出しものがないから、人が少ない」

校舎四階から階段を駆け下りながら、わたしは言う。

「なるほど！」

正市は階段を一段飛ばしに、わたしは一段ずつ早足で、けれど手は繋いだまま。

軽く正市がわたしを引っ張るような距離感で——おそらく二人の最高速度を維持したまま二階まで。廊下に滑《すべ》りこみ、それから真っ直ぐダッシュする。

「お前ら！　廊下は走るな！」

途中、職員室からばったり出てきた体育教師に怒られて、それでもわたしたちは足を止めない。

廊下を走るなって、そんな漫画みたいな怒られ方したのは初めてだ。

走りながらわたしはなんだか楽しくなってきて、思わず笑みを漏らしてしまう。

一階に下りて、昇降口を抜け、校門の方へ。三〇分ほど前に集まっていた、かくれんぼの始まりの場所へと向かう。星泉さんと他の実行委員たちの周りには、春日部くんと楓ちゃんを含む四組のカップルの姿が。まゆちゃんと猿賀谷くんの姿は……ないか。

「きましたね、お疲れ様です。最後の決勝進出カップルはあなたたちです。おめでとうございます」

わたしは思わず正市の両手を掴んだ。

「やった！　やったやったっ」

「おう、おう」

正市も興奮したように、何度もわたしに頷いてくる。周りでは、実行委員の人たちが拍手をしてくれていた。

決勝進出者への説明があるらしく、少し待機をすることになる。その間も、わたしたちの盛り上がりは続いていた。

「よく思いついたね、正市」

「よく気づいてくれたな、十色」

「やっぱしわたしたち、最強カップルだよ！」

「ああ！　まぁ、（仮）だけどな」

いつものように言って、正市が笑う。

いつもなら笑ったり拗《す》ねたりして、返すところだった。

しかし、わたしは思わずはっとした表情を浮かべていた。正市もつられたように、何かに気づいたような顔をする。

そうなのだ。（仮）、なのだ。

そんなこと忘れていた。全く気にしていなかった。当たり前に、本物のカップル同士のような感覚だった。いつの間にか、それが普通になっていた。

仮初という事実が抜け落ちていたことに、驚いてしまったのだ。多分、正市も。

気づかないうちに、その関係は変わらずとも、二人の心は進展していたのかも。本物の恋人ムーブ、とかではなく、ムーブも何も、意識もしないところで。

そんなことを改めて感じ、わたしはなんだかしみじみとした――。

〈9〉一番の女の子

カップルグランプリの決勝は、閉会式の前に体育館で観客を集めて行われるステージ審査らしい。

題して、『ラブラブカップルファッションショー』。

くじで決まった順番で、私服姿でステージに上がり、マイクを持ってコメントをするという。そして、会場——オーディエンスが一番盛り上がったカップルが優勝とのこと。

昨日から聞いていたが、私服コーデのテーマは『二人の最高のデート』である。

十色《といろ》がくじを引いてくれて、俺たちの順番は四番、ちなみに五番のトリが春日部《かすかべ》たちに決まった。

「それでは、決勝戦は一六時から。一五時半には体育館舞台袖《ぶたい》の控室までお集まりください」

その星泉《ほしいずみ》さんの言葉で、かくれんぼ終わりの決勝進出カップルたちは一時解散となった。

俺たちは屋台で昼ご飯を調達し、食べながら打ち合せをする。

「作戦、決行できるね」

「ああ、予定通り」

オムそばを割り箸《わばし》で口に運びながら、俺は頷いた。

なんとかここまで生き残れた。あとは昨晩話し合った計画を実行に移すだけである。

「でも……」

隣で十色が、ぽつっと呟いた。フランクフルトを頬張《ほおば》ったまま口の動きを止め、ぼんやり何やら考えるように地面を見つめている。

「……ちょっと、もったいない気もするね」

十色の言っている意味が、俺にはわかった。それはなるべく考えないようにしていたのだが……。

「……今日はしょうがないな」

「うん。そうだね」

十色は残っていたフランクフルトを全部口に入れると、ゴミをまとめて立ち上がる。それからぐぐっと胸を反らしながら伸びをした。

「昼からは、決勝が始まるまでみんなと楓《かえで》ちゃんのところに行くね」

「ああ、頼んだぞ」

俺の返事に、ぐっと親指を立てて返してくる十色。

俺は頷いて、それからなんとなく空を見上げた。

抜けるように高く、青く澄んだ空。

準備期間も含めなんだかんだ長かった学祭も、終わりに近づいてきているのをふと感じた。

☆

「楓はどんな感じで行く?」とうららちゃん。

「自然な感じがいいんじゃないかな。デートだし」

「でも目立たないと話にならない気もするよね」

うららちゃんは顎に指を当てながら、軽く首を傾ける。

「楓ちゃん、素材がいいからね。前に立つだけで人目をひくのは間違いないよ。だからまぁ、ここはお題に忠実がいいんじゃないかな」

わたしが言うと、うららちゃんが「なるほど。十色の言う通りかも」と頷き、カチッとヘアアイロンの電源を入れた。

「とにかく、あたしの分まで頑張ってくれ！」

まゆちゃんがガッツポーズを作りながらエールを送る。

「てか、自分でやれるんだけど……」

前向きに椅子に座っていた楓ちゃんが、ぼそっと言って振り返った。

カップルグランプリの決勝戦が始まる一時間前、わたしたちはいつものメンバーで空き教室に集まっていた。

グループの中から、二人も決勝戦に進出した。この勢いのまま優勝をもぎ取るための作戦会議である。

「ヘアセットはウチに任せときなって。人のやったげるの、得意なの知ってるでしょ？　写真も撮られるだろうから、可愛くしとかないと。あと、衣装は決まってるの？」

楓ちゃんの頭を両手で持って再び前に向かせながら、うららちゃんが訊く。さらさらの黒の後《うし》ろ髪《がみ》に、軽く手櫛《てぐし》を通す。

「衣装はまぁ、一応、春日部くんに考えがあるみたいだから……」

楓ちゃんの返事に、まゆちゃんがこくこくと頷いた。

「そうかそうか。じゃあ あとはアピールタイムで何を喋るかだな！　といろんはもう考えてるのか？」

「んー、適当かなー。考えてても、テンパってうまく言えなそうだし」

わたしはまぁ、その場のノリで喋ってなんとかするつもりだ。それよりも今は楓ちゃんの番だ。

「なんか、二人のラブラブ具合をアピールできるようなエピソードがあればいいねー。楓ちゃんがこの前言ってた、夏休みずっと一緒にすごしてた話とかは？　や、でも会場を盛り上げないとなのか……」

話しながら、わたしはなんとか案を絞《しぼ》り出そうとする。

「ウケを狙いにいく感じか？」とまゆちゃん。

「や、楓ちゃんはそういう路線じゃない気がする。もっと、美男美女カップルで推していくべきだよ」

「確かに。圧倒的なキラキラオーラで押しきる感じだな。大丈夫だ、春日部カップルの美《び》貌《ぼう》なら！」

「うん。絶対いける！」

わたしとまゆちゃんが、そう話し合っていたときだった。

うららちゃんに髪を巻いてもらっていた楓ちゃんが、またこちらを振り返ってきた。そして、わたしの方をじとっと見ながら口を開く。

「……ねぇ、十色。……もしかして、私を勝たせようとしてくれてる？」

　思わずドキッと反応してしまった。

「あ、や……」

「一番に、させようとしてくれてる？」

　うららちゃんとまゆちゃんが、わたしと楓ちゃんの顔を交互に見ている。

　最初の反応がよくなかった。動揺してしまったのが丸わかりで、言い訳ができない。

　勝ちを、譲《ゆず》る。

　わたしと正市《まさいち》が練っていた作戦は、まさにそれだった。春日部くんがどうしても一番にこだわるのであれば、楓ちゃんに、名実共に本当に校内で一番の女の子になってもらおう。わたしたちでカップルグランプリの決勝まで勝ち残り、そこで最後まで楓ちゃんたちのサポートをする。自分たちはうまく敗退をし、楓ちゃんに一位をとってもらう。

　もう一つの目標――わたしと正市がつき合っていると校内に宣言する、は、優勝までせずとも、カップルグランプリの決勝のステージに立つことでほぼほぼ達成だろう。あとは楓ちゃんと春日部くんの距離が近づけば、わたしたちのカップルグランプリでのミッションはコンプリートと言っていいはずだ。

　そう、考えていたのだが。

「やめて、それじゃあ意味がない」

楓ちゃんが、わたしの目を見つめながら首を横に振る。続けて、

「ほんとの一番にならないと。それに、私は負けない」

言って、ふっと口角を上げて見せてきた。

その不敵な笑みを見て、わたしははっとした。

――これは完全に、わたしが間違っていた。譲られた一位で春日部くんを騙して、そして楓ちゃんのプライドを傷つけるような行為は、普通に考えてあってはならない。

楓ちゃんは強い。それに、女の子としての素質はそもそも一位に相応しいものなのだ。加えて今、彼女は、自分を信じて、憧れのものを掴みにいこうとしている。

「ごめん」

そんな彼女の想いを、尊重するべきだ。精いっぱい、戦うべきだ。

わたしは小さく謝り、そしてすぐににやりと笑い返してやった。

「本当のラブのパワーはこっちが上だもん！」

「相思相愛度なら負けないから！」

わたしたちは笑みを含んだ視線を交わし、それから「いえい」とハイタッチをした。

うららちゃんやまゆちゃんからしたら、珍しい二人の不思議なやり取りだっただろう。

ぽかんとしている。一緒の輪にいても、あまり直接の絡みがない二人だったからなー。

うららちゃんたちに、わたしは言う。

「ごめん、ちょっと席外すね」

「ど、どこ行くの？　ヘアセットは？」とうららちゃん。

「ちょっと彼氏と作戦会議！　髪《かみ》の毛、楓ちゃんのあとでお願い！　わたしたちのテーマはそのとき伝えます！」

わたしは廊下へ出ると、すぐに正市に電話をかける。逸《はや》る気持ちを抑えるようにふぅと息をついていると、通話が繋がった。

「ねね、正市。さっき、ちょっともったいない気がするって話したの、覚えてる？」

『……ああ。カップルグランプリのことだな』

「そう！　やっぱしさ、わたしたちって負けず嫌いじゃん？　もったいないというより、勝負事からは逃げたくないじゃん？」

『そうだな。まさしくそんな気持ちだった』

わたしは一人、ふふっと笑みをこぼした。

「正市、作戦変更《へんこう》だ！　ちょっと取ってきてほしいものがあるんだけど……間に合うかな？」

＊

猿賀谷《さるがや》から通学用の自転車を借り、俺は家へと全力疾走をしていた。

カップルグランプリ決勝まで、もうすぐ残り一時間というところ。俺たちの準備の時間も考えると、十色がくじで後の方の順番を引いてくれて助かった。

それほど急いでまで、俺たちには必要なものがあった。

家に着くと、鍵を開けて玄関に駆けこむ。リビングには灯《つ》りが点いておらず、両親も姉も出かけているらしい。俺は階段を駆け上がり、自室を通り越して姉の星里奈《せりな》の部屋に突《とつ》入《にゅう》した。辺りをぐるりと見回してみるが……。

「どれだ？」

目当てのものは見つからない。……散らかってんな。

むやみやたらに探しての時間ロスは避けたく、またあんまり荒らして怒られるのも嫌だったので、俺は星里奈に電話をかけることにする。

電話に気づかない可能性も、気づいてもめんどくさいからと後回しにされる恐《おそ》れもあったが、その日は幸運にも姉の機嫌にも恵《めぐ》まれたようだった。

『ねぇ、あんた、今どこにいんのよ』

耳元で、姉の低い声が少しだけ弾んでいる。その背後からは、何やらがやがやと雑音が聞こえてきた。

「今、家なんだけど」

『はぁ？　あんた学祭は？　あたしちょうど見にきたんだけど』

「えっ⁉」

見にきた、だと？　いや、確かにこの前、昔を思い出したくて遊びにくるとかなんとか言ってた気もするが。

姉にカップルグランプリの決勝、見られるのか……。一気に気が重くなる。

『何やってんのよ。バックれ？』

星里奈の不審《ふしん》げな声が聞こえてくる。

やばいやばい、こんなところで時間を食っている暇はない。俺は慌てて本題に入る。

「ちょっと事情があって服を取りに帰ってて。この前、新しい部屋着、買ってくれたって言ってただろ？　あれ、どこにある？」

『あん？　あれはあんたじゃなくてとろちゃんに渡そうと思って置いてるんだけど』

「俺が十色に渡しといてやるよ」

『やだよ。別にあんたに渡しても感謝されないじゃん。とろちゃんの喜ぶ顔が見たいんだけど』

あくまで星里奈は、俺たちにというより、十色のために彼氏とおそろいの服を用意してくれたようだ。

ただ、そこで簡単に折れるわけにはいかない。

「今日、二人でその服を着たいんだ」

『……なんでよ』

「その格好で、ステージに二人で上がることになって」

カップルグランプリの決勝の時間には、大勢が体育館に移動してくる。姉にもどうせバレてしまうだろう。なので、先に何をやるか話してしまうことにした。

『部屋着で？』

「ファッションショーみたいなのをやるんだけど、テーマが『二人の最高のデート』なんだ」

最高のデート。そのテーマに対して、俺たちの回答はもちろん『お部屋デート』だった。

家でぬくぬくだらだら、二人で好きなことをしてすごす時間が至高なのだ。

少しの沈黙のあと、受話口から大きな笑い声が聞こえてきた。

『あっはっ。確かに、あんたたちいっつも家で遊んでるもんね。てか、あんた、そんなイベント出んの？』

「……ああ」

『マジ？ ヤバいんだけど。楽しみにしとこー』

くっ、絶対あとで笑われそうだ。

「くるな、こなくていい。それより服は？」

『えっと、確か、リビングのソファの横んとこに置きっぱなしだった気が……』

「リビングか！」

俺はすぐに部屋を飛び出す。星里奈の『いいねぇ、青春してんだねぇ』というのんびりした声に顔を顰《しか》めながら、階段を駆け下りる。

「そういえば、この前言ってた伝説とやらは思い出したのかよ」

『伝説？』

「忘れたのかよ！ あの、カップルでやる名北高校《めいほくこうこう》の伝説がある、みたいな……」

『ああ！ あった！ 言ったね！ でもなんだったかな……』

「思い出してないんだな」

『んー……。確かなんか後夜祭でなんかだった気がするかもだけど……。一緒にいる友達に聞いてみるよ』

「や、わざわざいいんだが」

後夜祭、か。学祭終わりから夜にかけて、運動場に集まって何かするとは聞いているが、詳細は知らない。

そんな話をしているうちに、リビングに辿り着く。それらしき紙袋《かみぶくろ》を見つけ、開けてみると、有名スポーツブランドのロゴが入ったネイビーのジャージが、セットアップで二セット入っていた。

「あった。このジャージだな」

『そう、それ！　いい感じだろ。これで少しはかっこつくんじゃないか？　あんな毛玉だらけのスウェットで、出るわけにはいかないだろ』

「ああ。……ありがと」

『十色ちゃんの口から聞きたかったよ。まぁ、頑張んな』

星里奈との電話を終えた俺は、もう一度手元のジャージに目を落とした。

——本当は、学校の制服でステージに上がる予定だった。

周りがテーマに沿って私服姿を披露する中、俺たちはあえて制服のまま、減点対象となって春日部船見ペアへハンデを渡すつもりだった。ただ、十色からの電話で作戦の中止を告げられ、俺たちは本気でカップルグランプリの決勝に挑むことにした。

俺たちの、最高のデート。

それは言わずもがな、お部屋デートだ。服も部屋着で、インパクトを与えられそうでいい。

そこで、『部屋着もおしゃれなカップルのお部屋デート』を演じるため、俺は星里奈が買ってくれていたおそろいのジャージを家まで取りにきたのだった。

「……まぁ、本当に落ち着くのは、着慣れたいつものスウェットなんだが――」

俺はそう、ぽそっと呟く。

ぼろぼろの服でもお互い気にしない。そんな関係が楽でいい。

今日のステージは、二人のデートをあくまで『演じる』だけ。

いつものスウェット――本当の最高のデートは、これからも二人だけの秘密だ。

そんなことをしばし、俺は考えていた。

＊

自転車を全速力でこいで、学校まで戻《もど》った。駐輪場《ちゅうりんじょう》に滑りこみ、そこから体育館まで走って向かう。

呼吸はいつの間にか、二回吸って二回吐く持久走モードに。吸いこむ空気が冷たくて、肺が痛い。久しぶりのハードな運動である。絶対明日筋肉痛だ……。

体育館のステージは二階にあり、一階エントランスに入って階段を上がる必要がある。俺はその正面入口を通りすぎ、ぐるりと体育館の裏に回りこんだ。そこには錆《さ》びた鉄板の細い階段があり、直接舞台袖の下の小さな倉庫に繋がっている。

ダンダンダンと俺が階段を駆け上がると、その音を聞きつけてか、扉が勢いよく開いて十色が顔を出した。

「正市っ！　ありがとう！　あった？」

「おう！　持ってきたぞ。今どんな感じだ？」

「もうみんな準備終わって、ステージで司会の人が喋ってる。多分すぐ一番目のカップルが呼ばれる」

「なるほど。急ぐか」

中に入ると、倉庫はパーティションとカーテンで仕切られた控室になっていた。

「もともと運動部が練習試合をするとき、相手の学校の人の部屋として使ってるみたい。あのカーテンは更衣室なんだけど、今日は五組のカップルの控室になってる。ネタバレがないようにね」

仮設更衣室の数はちょうど五部屋。他はスタンバイが終わっているのだろう。奥から四番目の部屋を残し、カーテンが閉まっていた。

「とりあえず、わたしたちはほんとの更衣室に行って着替えて――」

そう十色が言いかけたときだった。

「あっ、パートナーさんこられましたね！　よかった！　準備、とてもとても急いでください、よろしくお願いします！」

階段をのぼってきて背後から現れた星泉さんに、背中を押された。ぐいぐいと、空いている四番目の控室の方へと押しこまれる。

「順番がきたらお呼びしますので、それまではお部屋で待機していてください。公平を期すために、出番が終わるまで他のカップルのステージはお見せできません。では、期待しております」

そう言い残し、星泉さんはシャッとカーテンを閉めてしまった。

俺たちは顔を見合わせた。

「着替え、まだなんだが……。いや、遅れた俺も悪いが」

俺がそう呟くように言うと、十色が小さく首を横に振る。

「違うよ、着替えがまだなことくらいわかるもん。……これはカップルグランプリ。わたしたちも当然、カップルとして扱われてる」

隣に聞こえないよう、ひそひそ声だ。

俺の持ってきた紙袋に、十色が手を伸ばしてくる。袋から二組のジャージを取り出すと、サイズ表記を確認し、片方を俺に渡してきた。

自分のジャージを胸に抱え、十色は俺の顔を見てくる。

「カップルなら、一緒の部屋で着替えて普通って思われてるってことだよ」

「なっ……。そ、そうか」

言いたいことはわかる。筋は通っている。

だいたい、一緒の部屋にいながら着替えなんて、いつも平気でやっている。十色が部屋の隅に移動してごそごそしだせば、俺は目を逸らすようにしているし、俺も十色が漫画を読んでいる間にさっとズボンをはき替えてしまうことくらいよくある。

なのに今、動揺してしまったのは、シチュエーションがあまりに違うからだ。

仮設の更衣室。とにかく狭い。ジャンプしたら上から覗けてしまいそう。それにここは学校だ。周囲には他の生徒たちがいる。

そんな中で、十色と同時に服を脱ぐ。真後ろに下着姿の十色がいることになる。……そんなことを、一瞬のうちに想像してしまった。

……ごくり、と。思わず生唾《なまつば》を飲みこむ。

「い、いいのか十色は？」

「う、うん。大丈夫」

いつもの十色なら、当たり前じゃん平気へいき恋人ムーブだよーなどと明るく言いそうなところだ。どうやら彼女も、この場、雰囲気を意識してしまっているようだ。それがわかり、俺は少し安心する。

「じゃ、じゃあ着替えるか」

「うん」

俺たちはお互いに背を向けた。それからおそるおそる服を脱ぎ始める。なぜか、極力音を立てないよう気を遣ってしまう。

ボタンを外してシャツを脱ぐと、ジャージを羽織る。部屋着スタイルということで、足元は靴下《くつした》だ。

ズボンを脱ぐ前、少し手を止めると、背後から衣擦《きぬず》れの音が聞こえてきた。

「……正市？」

十色がそう、声を発する。

しまった。ついこっそり、様子を窺っていたのがバレてしまったのだろうか。俺は慌てて自分の作業に戻り、とりあえずジャージのファスナーをジジジッと上げた。

「ど、どうした？」

俺が訊ねると、十色の少し困ったような声が戻ってくる。

「や、な、なんかね、なんでだろ、割と、恥ずかしい……」

「あー……わかる」

「キミもわかってくれるか！」

喋りながらも、衣擦れの音はずっと続いていた。それがふと、静かになる。着替え終えたのかと、ついちらりと振り返り——俺は慌てて前を向く。

ズボンの前後ろを確認していただけだった。先に上は着替えたらしく、ジャージの裾《すそ》から形のいい太腿からふくらはぎのラインと、白いパンツのお尻がちらりと覗いていた。

み、見てしまった。

何をやっているんだ俺は。は、早く着替えないと。

「正市、終わった？」

「あ、ああ、あああ、終わった」

「何慌ててんの？」

十色がちらりと振り返り、俺が完全に着替えているのを確認してから身体をこちらに向ける。それに合わせて俺も十色と向き合った。白い布が未だに脳裏にちらついているが、今はひたすら別のことを考えて気にしないように努めようとする。

そうやって、意識を向ける場所を探していたからだろうか。

「サイズぴったり、せーちゃんにお礼言わないと」

そんなことを言いつつ両腕を広げて着ているジャージを見下ろす十色の、普段との微妙な違いに気がついた。

「髪、三つ編み解いてからちょっと内側に巻いたのか？」

俺が言うと、十色が丸い目をぱちっと瞬かせる。

「おお！　そうだよ、よく気づいたね！」

「なんかいつもと違うなーと」

「そうなんだよそうなんだよ！　お部屋デートじゃん？　ラフで自然な髪型がよくて、でも何もしないのはあれかなーと思って。髪下ろしてから、ちょっといじってもらった」

十色はご機嫌そうに笑みを浮かべている。彼女の僅《わず》かな変化に気づく。彼氏っぽいムーブができたようで、俺も少し嬉しくなってきた。

「よーし、頑張るぞ！」

言って、十色が拳を突き上げ、俺が「ああ」と大きく頷いたとき、

『さぁ、それでは、カップルグランプリ決勝スタートです。さっそく一組目に登場していただきましょう――』

司会者のマイクの声と共に、観客たちの大きな歓声が聞こえてきた。

*

「お前、緊張はしないのか？」

「や、してるしてる。表に出さないだけ」

「……やばいな」

「……やばいね」

舞台袖でひそひそと、俺たちは会話をする。

またステージの方から、わっと歓声が響いてきた。現在、三組目のカップルが出ていっているところだ。会場は大盛り上がりの様子である。

……俺たちの番まで、あと三分もない。

「あれだよ。お客さんの顔は全部、じゃがいもだと思えばいいんだよ」

十色がぴんと人さし指を立てながら言う。

「あー、よく言うよな」

「あと、あの人は玉ねぎ、あの人は人参《にんじん》……て感じで」

「カレー鍋⁉」

客席が茶色い海になっているのを幻視したぞ。

「あと、手の平に『人』って書いて呑みこむ」

「あー、それもよく聞くな」

「ちゃんと二本の足の方じゃなくて頭の方から食べるんだよ！　ひっかけちゃうから」

「ペンギンの餌《えさ》の食べ方⁉」

「あと、暴れるから一気に呑みこんじゃうのがベスト」

「踊り食い⁉」

最後の俺のツッコみに、十色がくすくすと笑う。

「調子いいですね、お兄さん」

多分、俺の緊張を解そうとしてくれているのだろう。

「いやいや、お姉さんこそ。本番も頼みますよ」

「適当に質問に答えとけば、なるようになるでしょ」

本当に、それくらいの心構えでいた方がいいのだろう。変にがちがちになってしまったら、十色の隣で浮きまくってしまう。……などと考えていたら、また緊張してきてしまいそうで、俺はぶんぶんと首を横に振った。

「ま、まぁ、もうあとはステージに出ていくだけだな」

それで多分、なるようになるのだ。

「そういうこと！　さぁ、そろそろ呼ばれるよ！」

十色がそう言ったとき、

『さぁ、四組目は一年生カップル！　ただその噂は全校レベル。みんな気になるそのお二人の実態を、今さらけ出していただきましょう！　それでは、ご登場ください！』

星泉さんが駆け寄ってきて、マイクを一本ずつ渡される。それから、ステージへ出るよう ジェスチャーで伝えてきた。

躊躇っている余裕も、意を決する時間もなかった。ただただ俺たちは急かされるがまま、薄暗《うすぐら》かった舞台袖から明るいステージへと進み出た。

瞬間、思わず目を瞑ってしまうほどの眩しさに、辺りが包まれた。目を細めながら順応しようとするも、ステージ足元にライトが設置してあるようで、中々慣れない。目を凝らしても、ステージの上からでは客席は暗くお客さんの顔はほとんど見えなかった。

がやがやとした声の中、

『さぁ、では……ツッコみたいところがありますが、ひとまずクラスとお名前を』

そう、マイクを通した声が会場内に響く。ステージを正面から見て右手に立つ司会者は、茶色い髪をふんわりとセットした、どこかフェミニンな雰囲気を併《あわ》せ持つ長身のイケメンだった。

十色につんつんと肘でつつかれる。俺はマイクの電源がONになっているのを目視で確認し、それから口を開いた。

「あ、えー、一年一組、真園《まぞの》正市です」

「同じく一年一組、来海《くるみ》十色です！　よろしくお願いします！」

十色が元気に言って、お辞儀《じぎ》をする。俺も合わせて頭を下げた。「「「とーいろー」」」という十色の友達らしき女子たちの声を合わせた声援《せいえん》が聞こえてくる。

『えーと、ではさっそく、そのとても素敵なお召《め》しものについて聞きたいんですが……スポーツデート、かな？』

「ノンノン、ディス、イズ、ヘヤギ」

『オゥ、ヘヤギ⁉』

「イエスイエス！　アイラブヘヤギ！」

十色が冗談っぽくネイティブに答えた返事に、司会者がノッてくれた。

『って、えっ、ほんとの、いつもの部屋着ですか？』

「はい！　や、でも綺麗ですよ？　綺麗……なはず。変な匂《にお》いとかしないよね？」

十色が指をちょこんと出したジャージの袖元を、嗅がせようと俺の鼻にあててくる。

客席からも笑い声が聞こえてきて、盛り上がっているのがわかる。

『変な匂いはまずいですよ！　でも部屋着ですか。今日のテーマは「二人の最高のデート」ですよ？』

「そうですね。――みなさんは、『お家デート』というのをご存知《ぞんじ》でしょうか」

言いながら、十色が首を動かして客席を見渡す。

「リラックスしながら、二人でゲームしたりー、それぞれ好きな漫画読んだりー、たまに映画とか見たりー。よくないですか？　お菓子とかジュース用意して、のんびりごろごろ」

ねっ、と十色がこちらを見てきて、俺はこくりと相槌を打つ。絶妙にオタク趣味は隠してるな。

「何も考えずお家でダラダラ。お化粧もしなくていいし、髪型だって適当に括《くく》っておけばいい。気づけばもう夕方!?　みたいな。もう最高！　そんなデートしたい人！」

十色がそう問いかけると、会場が「おー」という声で沸《わ》く。男子が多いか。「十色ちゃんとしたいぞー」なんて声も交ざっていた気がする。

「まぁ、これこそが最高で至高のデートというわけです。なので、今日は部屋着！　最高のコーディネートは、やっぱしこーでねーと」

「…………」

マジか、と思った。ここでそのクオリティのオヤジギャグをぶっこむか。メンタルどうなってるんだ。そして、会場はしーんとなっている。

俺は咄嗟に靴下の足で、床をこすってみる動作をした。

「──ダメだ。ちょっとここのステージ滑りやすいみたいだわ」

「あー、道理で滑るわけだ」

会場からまた、笑いが起こった。なんとかフォローできたみたいだった。

しかし、もう少し俺も喋らなければ。ずっと十色にばかり任せているわけにはいかない。

彼女の横に並び立つ、彼氏として。

『微笑ましい、漫才《まんざい》みたいなお二人だ。相性抜群といったところですね。ではそろそろ、お時間です。最後に何かアピールがあればお願いします』

ヤバい。もう時間がないようだ。

つかみは十色が十分やってくれた。会場は盛り上がっている。ただこれは、カップルグランプリだ。誰かがちゃんと締めなければならない。

「えー」

十色より先に、声を出しておく。ここからは俺のターンだと、自分を逃げられなくしておく。

言葉を考えながら、俺はゆっくりと前を向いた。眩しい光と、その先に広がる黒い海。その中にぼんやりと、こちらを見るお客さんたちの顔が浮《う》かび上がって見えてくる。

こんなに大人数の前で喋るのは初めてだ。しかもこれから、普通に生きていく分には絶対に言わないようなことを口にしようとしている。汗《あせ》の滲《にじ》む手をぐっと握り――俺は意を決した。

「えー、先程十色が言った通り、ダラダラごろごろとすごすことが多いのですが――。そんな二人の時間が、僕は大好きです」

ちらりと十色を見る。今度は十色がこくこくと頷いてくれる。

俺は一度唾を飲み、すっと息を吸った。

「僕たちがつき合い出してから、本当につき合ってるのかと噂されることが多々ありました。ここで、宣言させてください。僕と十色は、この通り、つき合っています。温かく見守ってください」

俺が頭を下げると、隣で十色も頭を下げた。

客席から、大きな拍手が聞こえてくる。「十色ちゃんのためならー」と野太い声も聞こえてきた。しばらく拍手は続き、やがてまばらになっていった。

『彼氏さん、素晴らしい宣言でした。お二人に、もう一度大きな拍手を──』

再びの盛大《せいだい》な拍手に見送られ、俺たちは出てきたのとは逆のステージ袖へとはけていった。

「正市！　ありがとう」

ステージ袖の暗がりの中、十色が俺を振り返る。

「なんでありがとう？」

訊く前にまず、こちらこそ、だったか。十色に場をたくさん盛り上げてもらい、とても助けられた。

「見せつけるだけって予定だったけど、そこまで言ってくれるとは思わなかったから。でもこれで、完璧にわたしたちがつき合ってるってはっきり宣言できたから」

それから十色はさっと周りを見回す。実行委員に聞かれるのを気にしてか、顔を俺の耳元に寄せてきた。

「ほんとに嬉しかったの。ありがと」

耳にかかりくすぐったい、それでいてふわりと甘い吐息《といき》を俺が感じていたときだった。

『さぁ、それでは最後のカップルに登場していただきましょう。先程と同じく一年生。けれど校内屈指《くっし》の美男美女と言っていいでしょう。どうぞー！』

そんな司会者の呼びこみと共に、少しの歓声と大きなどよめきがステージの方から押《お》し寄せてきた。

＊

白い、服装をしていた。

よくよく見れば、それはスーツとドレスだった。

かっちりとした首回り、白のスーツに、ピンクのベスト。ふわふわとしたスカートに、レースを基調とした首回り、顔はベールで被《おお》われている。ウエディングスーツとウエディングドレスで、春日部と船見は登場した。

「すご……。インパクトでは負けた、か」

舞台袖からステージの様子を窺いつつ、十色が呟く。

「まさかあんな格好してくるとは……。あれ、どこかのクラスが演劇で使ってた衣装じゃなかったか？」

「ほんとだ、あんな服だった！　借りてきたんだ。髪の毛セットする前、楓ちゃんがなんか作戦があるって言ってたの。あれだったのか」

二人は向かい合い、春日部がそっと船見の顔のベールを上げる。女子たちの「「きゃー」」という歓声が上がる。

春日部と船見は正面を向き、深く礼をした。

『さぁ！　登場から最高のパフォーマンスをみせてくれました！　素晴らしい！　お二人、クラスとお名前をどうぞ！』

司会者の声に、二人がマイクを使って軽く挨拶をする。

『ではでは、まずはまぁ、この格好に触れさせていただきたいんですが……。テーマはお二人の最高の、「デート」ですが？』

その質問に、マイクを上げたのは船見の方だった。

「デート、は、親しい二人が日付や時間、どこで何をするかを決めて会うこと。調べてみたら、こういうふうに書いてありました。最高のデート……、特にこれまで私たちが経験してきた――などという指定はありませんでした。なので、私が思《おも》い描《えが》く最高のデートの日の服装を選んでみました」

司会者、それから客席を順番に見ながら船見は話す。

『な、なるほどぉ。普段からそんな格好してるのかと思っちゃいました。驚きましたよー』

「あはは、そうやって印象に残るための、作戦だったりもします」

言って、船見はぺろっと小さく舌を出してみせた。あざとい。会場からは大きな笑いが起きた。男子の「駿《しゅん》もなんか喋れー」の野次に、春日部は笑いながら軽く手を挙げて返している。余裕がある。

『こんな素敵な二人から、実は事前に、話したいことがあるので時間がほしいと聞いていました。それなので、ボクはここで。どうぞよろしくお願いいたします』

そう言って、司会者が一歩後ろに下がる。

話したいこと？　いったいなんだろう。俺はステージ上の二人から目が離せない。

またしても、マイクを構えたのは船見だった。

「このカップルグランプリの決勝の衣装、そして実行委員の方にお願いをしたのは私です。今日、急遽《きゅうきょ》決めました。そして、彼も、今から私が何を話すのかは知りません」

いつの間にか、船見は少し強張った、緊張の交ざった声音になっていた。春日部が客席に向かって、こくこくと頷いてみせる。

そして次に船見は、衝撃的《しょうげきてき》な言葉を口にした。

「この場で、こんなことを言うのはなんなんですが――実はまだ、私たち、つき合っていないんです」

ウェディングドレスでの登場のとき以上に、会場がどよめく。

俺も十色も、思わず「えっ」と声を漏らしていた。

俺たちとは真逆の、つき合っていない宣言である。

「私は春日部くんのことが好きです。恋に落ちたのは、入学して少しした頃にあった、一年生同士の交流会のカラオケでのことがきっかけでした」

元々、あまりそういう場に足を運ぶことのなかった私は――と、俺が昨日十色から教えてもらったエピソードを、船見はゆっくりと語っていく。

「その日から、よく一緒にいるようになって。私から、しょっちゅう声をかけてたからなんだけど。春日部くんは優しいから、そんな私を受け入れてくれて。そんな彼と、いつかつき合えたらいいなと思いながら、彼に釣《つ》り合う女の子にならないとって努力もして……」

船見は短く息を継ぐ。

「ただ、私なんかが春日部くんとって……。いつまでも自信が持てなくて、私からは何も言えず。ずっと待ってるだけでこの関係を続けてきちゃった」

その間、春日部の方からも告白の兆《きざ》しはなかった。その辺りの事情は、俺もよく知るところとなっている。

「いつも、ほんとにありがと。一緒にいて楽しいし、わくわくするし、たまに喧嘩《けんか》もするけど、それもあなたとならいい思い出にできる」

船見の声は震えていた。

「私、何かの一番になったことってなかったの。テストだって、スポーツだって、習ってたピアノのコンクールだって。可愛さなんて、昔は努力もしていなかった。だからなんとなく、自分に自信がなかった。もし何かで一番が取れたら、もっと勇気が出るのかなって」

春日部は真っ直ぐに船見を見つめていた。客席の方から、応援の声が飛ぶ。

彼の視線を受けながら、船見はきゅっと唇を結び、それからふわりと笑顔を作った。

「私は今日、このコンテストで一番になる。でも、私だけじゃない。一緒に、二人で一番になろ？」

暗に、春日部にしか伝わらない言葉で、誘うように船見は言う。一番。二人にとってのその言葉の重みは、きっと他人にはわからない。

船見は春日部に頭を下げた。

「そして、優勝できたら、私と正式におつき合いしてください」

騒めきと、歓声、それから春日部に返事を求める声が体育館に飛び交《か》った。

一番の女の子とつき合うだけではない。それに加え、一緒に一番のカップルになる。それは春日部の変なこだわりを取り除く最もいい方法ではないかと、俺も思った。

船見にじっと視線を据えていた春日部は、一度何かを考えこむように顔を伏せた。ゆっくりと姿勢を正し、マイクを構える。

「ボクの方こそ、本当にいつもありがとう。楽しくて、退屈《たいくつ》しなくて、孤独《こどく》になることもない。高校に入学して、楓と出会って、世界が変わった。楓が隣にいる毎日は、安心感というか、無敵感があった」

船見はどこか祈るように、マイクを両手で握りながら春日部の話に耳を傾けている。

「……かっこよく、なりたかった。そのために、楓と同じで、ボクも自分を磨《みが》く努力をたくさんしてきたつもりだ。……今、楓の話を聞いていたとき、全てが報われたような気分だった。こんな、素敵な女の子に、告白してもらえるようになれたなんて」

春日部は言葉を切り、愛おしげに船見を眺める。気づいた船見がくすっと笑い、春日部も釣られたようにふふっと笑った。

「大丈夫だよ。今日のキミは、間違いなく一番綺麗だ。ボクが保証する」

「ありがと」

船見が小さくお辞儀をする。

春日部はそんな彼女に、一歩近づいた。

「そもそも、わかっていたんだ。ボクにはもう、キミのいない毎日なんて耐えられない。……その気持ちに、長い時間、ボクの無駄《むだ》で勝手なこだわりから気づかないフリをしていたことを、今はとにかく謝りたい」

会場には伝わらない、わかる人にしかわからない事情の話だ。そしてさらに、次の言葉に俺はハッとする。

「『本当の好き』が、今はっきりわかったよ」

それはいつか、俺と春日部が二人でぶつけあった言葉だった。本当の好き。奴は今、その答えを知ったのだ。

春日部が左手にマイクを持ち替《か》え、右手を船見に差し出す。

「一緒に、一番になろう。そして、そのときは、ボクの方こそよろしくお願いします――」

瞬間、割れんばかりの歓声と、ゲリラ豪雨《ごうう》のような拍手の音が体育館内で爆発《ばくはつ》した。

間違いなく、今日一番、最高潮の盛り上がりだった。「ひゅー」「おめでとう」「二人とも最高だーっ」「楓ー！　おめでとう！」と、さまざまな声が飛び交う。

「……もぎ取った。もぎ取られた、ね」

俺の隣で十色が呟いた。

「……ああ。おそらく優勝も、春日部の心も」

綺麗で、美しくて、健気《けなげ》かつたくましい。多分、客観的に見たら、その日の船見は一番輝いていたのだろう。

負けず嫌いの俺たちも、さすがに納得できる。

船見を甘《あま》く見ていた。俺たちが勝ちを譲らなくとも、余裕で優勝できたのだ。

「まぁまぁ正市くん。これで、当初の予定通り、わたしたちの目的は両方とも達成できたわけだ」

「……悔しくないのか？」

「……ちょい悔しい」

俺たちは二人、そんな会話をして舞台袖で笑った。

カップルグランプリは言わずもがな、春日部と船見の優勝だった。

トロフィーの授与《じゅよ》を終え、学祭の閉会式へ。

その間、俺の脳裏には、改めて船見とつき合うことが決まった瞬間の、春日部の幸せな表情がずっとこびりついていた――。

〈10〉俺の、進むべき道は——


「後夜祭でキャンプファイヤーなんて、アニメの世界だけだと思ってたぞ」

「だろう？　だからオレも憧れてて、実行委員会でゴリ押ししたってぇわけだ。昔はやってたみたいだが、最近はジュースとお菓子でパーティするだけって感じになってたみたいだから」

「ああ、実行委員に潜むアニオタはお前だったか」

校庭の中央で燃《も》え盛《さか》る大きな火を囲み、大勢の生徒が騒いでいる。近くに立って見上げる者もおれば、走ってはしゃぐ男子や手を叩いて笑う女子、みんなそれぞれ楽しんでいる。

それを俺は遠巻きに眺めながら、猿賀谷《さるがや》と話していた。

「昔、大学のキャンプ部にいて、キャンプファイヤーに精通している先生がいたんだ。その先生がいなかったら、多分実現してなかっただろうなぁ。運がよかった。こりゃあ素人には難しい」

猿賀谷は腕を組みながら、うんうんと頷く。

「……中々職務をまっとうしてるな」

この名北祭、猿賀谷の働きに感謝している者は多いのではないだろうか。

「だろう？　初めての共学の学園祭、楽しみきってやったぜい？」

得意げに、胸を張って言う猿賀谷。

まぁ……俺も、中々楽しめた。それはきっと猿賀谷のおかげでもあるだろう。

「お疲れ様」

俺が言うと、猿賀谷はへへんと笑った。

朝礼台の方が、何やらざわざわと騒がしくなった。一人の男子が朝礼台にのぼり、大きく息を吸いこんで、

「吉田《よしだ》さん！　好きだー！　つき合ってください！」

そう叫んで頭を下げた。朝礼台に集まったギャラリーたちが、わっと色めきたつ。吉田さんらしき人が友達に背中を押され、朝礼台へとのぼると、

「……お願いします」

両手の指先を口の前で合わせながら、ぺこりと小さく頭を下げた。

うおーと辺りで歓声が上がる。男子の方が腕を広げ、吉田さんが近づくと、二人はハグ

をした。

「さっきも一件あったんだぜい？　みんな、カップルグランプリの楓《かえで》ちゃんに影響《えいきょう》されてるみたいだなぁ」

猿賀谷が教えてくれる。

確かに、船見《ふなみ》のパフォーマンスには、見ていた者を奮い立たせるような何かがあった気がする。

「男子校では見なかった光景だな」

「ああ。いいよなぁ、これこれ、これが欲《ほ》しかったんだ」

「楽しそうだな、お前」

それからふと思い、俺は続けて訊ねる。

「まゆ子とはどうなんだよ。この学祭で、何か進展したか？」

猿賀谷はキャンプファイヤーの方を見て目を細めながら、「そうだなぁ」と頬を掻《か》く。

「まゆ子ちゃんが、オレのことを気にしてくれているのは伝わってくる。けれどまぁ、今はまだ、お互いを知るところってな感じだなぁ」

「ほぅ。慎重《しんちょう》だな。……まゆ子、素直《すなお》でいい子だと思うぞ？」

俺が何気なくそう言うと、猿賀谷は首を横に振る。

「そんなこたぁわかってる。お互いを知るって言っても、主にまゆ子ちゃんが、オレのことを知ってくれるための期間ってこった。オレってこんなだろ？　最初に、全部知ってもらって、こんな男でもよけりゃあって感じで。後悔《こうかい》のないようにしてほしいというか」

言いながら、猿賀谷が大きく手を振った。

見れば、キャンプファイヤーの近くでまゆ子が背伸びをしながら手を振り返している。

周りには十色《といろ》や中曽根《なかそね》、船見の姿もあった。

「お前、いい奴だな」

俺はぼそっと、呟くように感想を漏らした。

「なんでい急に。別に普通のことだろう？」

「もうちょっと、勢いでいろいろいっちゃう奴かと」

失礼は承知で俺がそう言うと、猿賀谷はゆっくり二回、首を横に振る。

「ダメダメ。お互いを知れば――知り尽《つ》くしていればいるほど、もしさらに仲を深めようってなったときも安心ってもんだ。それは多分、とても大事なことだ。……知らんけど」

「最後関西人!?」

「だってオレ、今まで彼女がいたことないからなぁ」

言って、猿賀谷ははっはっはっと大きく笑った。

――まゆ子はもう猿賀谷のこと、いろいろと知ってると思うけどな。

学祭一日目、彼女と二人で話したときのことを思い出し、俺はそんなことを考える。

「そんじゃあ、正市《まさいち》。そろそろオレ、ちょっと雑務が残ってるから。最後まで楽しんでってくれ」

言い残し、歩きだす猿賀谷。背中越しにひらひらと手を振ってくる。

その後ろ姿を見ながら、俺は先程の彼の言葉を脳内で反芻《はんすう》した。

――知り尽くしていれば安心、か……。

＊

猿賀谷と別れたあとも、俺はぼんやりと遠くのキャンプファイヤーを眺めていた。

十色と一緒に帰る約束をしているのだ。

その待ち人が、俺が一人になったのを確認してか、ちょこちょこっと近づいてきた。

「まーさいちっ」

「な、なんだよ、その笑顔」

「一緒にいよっ！」

十色は何やら嬉しそうに、軽いジャンプで俺の横に並んでくる。

二人揃ったなら帰ろう……とは言えず、今度は十色と二人で校庭を眺めた。

ふと、とんとんと、十色が肩をくっつけるようにぶつけてくる。

「おい」

「ん？」

「周り。人に見られるぞ」

「誰も見てないよ。みんな自分の青春に忙しいの。……それに、今までこんなこと、見せつけるようにやってきたよ？」

十色の言う通り、俺たちはこれまで恋人ムーブと称《しょう》してカップルらしいことを周りに見せるように行動してきた。

なのになぜか、少し、このいわゆるいちゃいちゃのような行為を他の人に見られるのが恥ずかしい。……いや、これまでも恥ずかしいことは恥ずかしかったのだが、今はなんだか隠したくなるような気分で――。

自分の心境の変化が感じられる。具体的にどう変わったか、すぐには言語化できないが。もう少しはっきりと、この変化を感じたいなと思う。

「もう、周りには、完全に本物のカップルと思われてるしねぇ」

そう言って、十色がにやっと笑う。

カップルグランプリ決勝のステージで、大きく宣言したのだ。俺と十色の関係はほぼ全校生徒の知るところとなっているだろう。

そしてそれは、俺と十色が掲げていた目標の達成を意味する。

他の男子に恋愛対象として見られたくない。男子の交ざる大勢の遊びに誘われたくない。元々十色はそのために偽装《ぎそう》カップルを依頼してきたのだ。それらの悩みに対し、今回の宣言は大きな効力を持つと思う。

とりあえず、偽装の彼氏としての役目を、俺は果たしたわけだ。

ならば、この関係はどうなる？　そろそろ、先に進むべきときだろうか。次は、偽装ではなく――……。

「ど、どしたー？」

考えこんでしまった俺を、十色が心配そうな顔で覗きこんでくる。

そんな彼女に、俺は思わず訊ねていた。

「た、例えばの話だが……もし、俺たちが本物の恋人同士になったらどうなるんだろう」

十色が驚いたように目を大きくする。

「や、なんか今日、告白ラッシュみたいな、そんな感じの雰囲気だったから、ふと……」

俺が慌てて言いわけのようなセリフを述べていると、

「どうなるっていうのは？　どういう意味で？」

真剣な表情で、十色がそう訊き返してきた。

「あー、どんな感じの未来になるのかなぁ、と。普通の恋人っぽくなったとして……調べてみたら、高校のときにできたカップルは大半が別れるとかネットに書かれてた。……幼《おさな》馴染《なじみ》からカップルになるとさ、同時に終わりという道も開けるみたいなんだ」

俺は、最近ずっと悩んでいたことを口にしていた。

まゆ子にも話を聞いて、いろいろと自分なりに考えていた。

幼馴染は、ずっと幼馴染だ。しかしカップルは、ハッピーエンドかバッドエンドの二択《たく》に、最終的には行きつく。終わりがあるのだ。しかも、高校生のうちにつき合ったカップルは、圧倒的にバッドエンドの可能性が高いと聞く。

最初は、今の幼馴染の楽しい関係が、どう変わっていくか心配なだけだった。現状維持がやはり居心地いい。初めての不安から目を逸らし、俺はぬくぬくとした生活を選んでしまっていた。

だけどつき合うということについて、意を決し、深く考えたり聞いたりしていくうちに、今度はバッドエンドという可能性の存在に気づいてしまった。

それならば——バッドエンドの可能性があるのなら、つき合わない方がいいのでは？

でもやはり、それは違う気がして……。

俺は十色と、ハッピーエンドを目指したい。

もし本当につき合えば、どうなっていくんだろう……。そんなことを、ぐるぐると考えていた。

☆

思わぬ質問に、正直驚いた。

正市が、そんなことを……。自分たちの関係のことを考えていてくれたとわかり、かぁっと胸が一気に熱くなる。

最近——正市を好きと認めてから、少し気持ちが暴走気味になってしまっていることを、わたしは気にしていた。

ハグチャレンジを迫ってみたり、本物の恋人のように誰もいないところで手を繋いで帰ったり。さっきだって、隣に並んで身体をくっつけてみたりして。恋人同士の特典を味わいたくて、だけど同時に正市がどう思っているのか、不安になったりして——。

だけど、正市も少しずつ、前進しようとしてくれていたみたいだ。わたしは内心、めちゃめちゃ嬉しかった。

正市の問いに関しては、実は何度も考えていたことだった。心の中で言葉を整理して、わたしはそれを伝えていく。

「……違うよ、それは。わたしたちの場合はね、幼馴染からカップルになるんじゃなくて、幼馴染のカップルになるの」

「幼馴染のカップル……？」

繰り返す正市に、わたしは頷く。

幼馴染という属性に、恋人同士という関係がプラスされるだけなのだ。だから、問題ない。

「普通の高校生カップルみたいにね、つき合い出してからお互いの嫌な部分が見つかるわけでもないでしょ？　そもそもお互いのことをめちゃよく知ってる上でつき合うわけだから、安心。だけどそれでいて、カップルのドキドキがしっかり味わえることも……これまでたくさん学んできたでしょ？」

わたしの誕生日のときとか、牧場に行ったときの観覧車でのこととか。思い出が脳裏に蘇る。

「長くつき合ったらお互い飽きちゃうとか。もう二年つき合ったーとか、すごい三年続いてるーとか。そんなのわたしたちからしたら些細《ささい》なことですらないんだよ。こちとらもう一五年。年季が違うってこと」

つい、勢いづいて若干早口になってしまった。一旦呼吸を落ち着かせ、最後は柔らかい口調を意識して、結論を伝える。

「だから、心配はいらないよ？」

＊

目から鱗《うろこ》だった。

脳内にかかっていた霧《きり》が、すっと晴れていくような。十色の口からそれを聞けたことが、よかったのかもしれない。

幼馴染の恋人同士、それはどうやらただの高校生カップルを超越《ちょうえつ》するらしい。十色の言っている内容には、確かに納得ができた。

真っ直ぐに、自分の気持ちと向き合っていいのかもしれない――。

校庭中央のキャンプファイヤーの方で、音楽が流れ始めた。オクラホマミキサー。火を囲んでのダンスでも始まるらしく、人が集まり始める。

「踊るか？」

俺がそちらに向かおうとすると、十色が笑って俺の服の裾を引っ張ってくる。

「えー、正市、そういうの好きなタイプじゃないじゃん」

「まぁ、そうだが……」

俺は足を止める。アニメなんかだと、間違いなく二人でぎこちないダンスを踊るところだろう。でも、苦手なことも確かだ。

だけど、気持ちは無性にうずうずしていた。何かしなければ、と思っていた。

「十色っ」「じゃあさっ」

二人の声が重なった。

「あ、正市言って！　わたしのはあとでもいいから」

「お、おう。ちょ、ちょっと俺、行きたいところがあって。一つ、確認したいことがあるから、少し待っててくれるか？」

「う、うん！　待ってるよ？」

俺は急いで、校舎の方に向かって走り始めた。

今日、カップルグランプリ決勝の前から、脳の片隅《かたすみ》に引っかかっていたことがあったのだ。

学祭とカップルにまつわる、名北高校《めいほくこうこう》の伝説。星里奈《せりな》が言うには、それは後夜祭に関係があるらしい。

まさに、今、である。

何か十色とできることがあるかもしれない。

ただ、肝心《かんじん》のその内容がわからず、俺は走ってとある場所へと向かっていた。カップルグランプリの予選の際、ヒントになりそうな出しものがあって、名前だけ記憶していたのだ。十色も気になると言ってたっけ……。

二年二組、『学校の伝説』。

何かそういう七不思議や、ちょっとミステリアスな噂話《うわさばなし》を集めて展示しているのではないか。そう俺は考えていた。

昇降口で靴を履き替え、階段を駆け上がる。踊り場を、手すりを掴みながら急カーブし、転びそうになりながらもスピードを緩めず三階まで。

片づけは明日の午前中に行われることになっている。そして特に貴重品も置いていないからか、教室の鍵は開いていた。扉を開けて中に入る。

案の定、室内には衝立《ついたて》が立てられ、大きな画用紙に校内のさまざまな七不思議、伝説、ゴシップなどが紹介されていた。校内の美男美女ＴＯＰ３、走るの速い人ＴＯＰ３、登校するの早い人ＴＯＰ３、笑顔が可愛い人ＴＯＰ３（※二年二組調べ）なんて掲示もある。

探している情報はどこだ……？

俺は薄暗い教室の中、スマホのライトを使いながら細かく調べていく。

果たして、これだと思われる伝説はすぐに見つかった。

『後夜祭の終わりを誰にも邪魔されず、二人きりで迎えられたなら、その恋は報われる』

俺は廊下に飛び出した。昇降口を抜けようとしたところで、

「あ、正市！　どこ行ってたの？　全然ちょっとじゃないじゃーん」

待ちくたびれたのか捜しにきてくれていた十色と遭遇《そうぐう》する。

「ちょうどいいところにきた！」

俺は十色の手を取った。

わお！　と、驚いたような、しかしどこか嬉しそうな声音で言う十色。そんな彼女の手を引き、俺はまたしても廊下へと戻る。

「どこ行くの？」

「とりあえずきてくれ！」

説明はあとだ。とにかく、誰もいないところへ。

「大丈夫か？」

階段をのぼりながら後ろに訊ねる。

「うん。だいじょぶ！」

弾んだ息で、返事が戻ってくる。

教室は危険だ。いつ誰が入ってくるかわからない。南校舎五階のカフェテリアか？　いや、校庭の後夜祭の様子が見えないのはなんというか、少し物足りない。

悩んだ末、俺は校庭に面した北校舎三階にある図書室へ向かった。

確か、図書室でも、名北生の選ぶおすすめ本紹介という学祭の展示が行われていた。もしかしたら——。

期待をこめて、扉に手をかける。

がらがらと、振動《しんどう》で摺《す》りガラスの揺れる重い音を立てながら、引き戸が動いた。開いていた！

俺たちは誰もいない図書室に、おそるおそる足を踏み入れた。

祭りの喧騒《けんそう》は遠く、辺りはしんと静まり返っている。窓越《まどご》しに見えるキャンプファイヤーは、キャンドルのような優しい光で揺れていた。

多分、ここなら誰もこない……。

「……寒くないか？」

たたっと窓のそばに寄っていき、校庭を眺める十色に、俺は訊ねる。

「あー、たしかにちょいとさむくなってきたようなー」

「もうちょっとマシな棒読みはできないのか」

「さむーい」

十色が悪戯《いたずら》っぽく笑って、それから俺の腕にぴとっとくっついてくる。

そんな彼女をいつかのように、俺はそっと抱《だ》き寄せた。ずっとそうしたいと思っていた。

十色は特に抵抗《ていこう》してこない。俺の胸の中にじっと収まっている。

腕を回して、ぎゅっと抱き締める。もう何度目かのハグだが、毎回彼女の身体は想像以上に小さくて柔らかい。頬にあたる髪が冷たくて、それがまた妙に心地いい。

「学校だよ？」

十色はまだ面白がるような声音だ。

「誰も見てない」

「悪い子だ」

「誰かに観測されるまではここでの事象は収束されない。よってハグしている状態としていない状態が重なり合っていることになる。従ってまだ悪い子とまで言われる覚えは――」

「シュレーディンガー⁉」

十色はくすくすと笑ってから、俺のブレザーの腰の辺りをぎゅっと握ってきた。

俺ももう一度強く、彼女を抱き締める。

鼓動が伝わる。吐息も感じる。

「ねね、なんかさ、チャージされてく感じ、わかる？」

「チャージ？」

「うん。こうしてぎゅーっとしてるとね、なんだか身体の中がじーっと、何かで満たされていくような感じ、ない？」

「あー、わかる気がする」

具体的に何が、とは言えないが。じわじわと満足感というか、多幸感というか、そういったものが充満していく感じは確かにあった。

それをどうしようもなく味わいたくて、ずっと彼女を抱き締めたかったのだ。

「……後夜祭って、あとどれくらいなんだろ」

俺はふと気になって訊ねる。

「ん……多分まだ、もうちょっと時間ある」

「そうか」

俺がそう答えたときだった。十色がふふっと呼気を揺らした。顔を上げ、俺の顔を見上げてくる。そして、思わぬことを口にした。

「それまで、誰にも見つからないといいね」

「お前、それ——」

十色の言葉の意味はすぐにわかった。彼女も、名北高校の後夜祭の伝説を知っていたのだ。

「な、なんで？」

無性に恥ずかしくて、顔が熱くなってくる。

「閉会式のときくらいにね、せーちゃんからメッセージが届いてたんだよ。学祭での伝説のこと、友達に聞いてみたよーって。それで、内容も教えてもらったの」

星里奈の奴……。今日、その伝説の話題を振ったのは俺だ。わかったなら俺の方に送ってきてほしかった……。

「さっき、わたしからどこかに移動しよって言おうとしたんだけど、正市と言葉が被《かぶ》っちゃったんだよねー。でも、まさか正市がこんなところにつれてきてくれるなんて思わなかった。……嬉しい」

ふわっと笑う十色を見て、俺はまた彼女を強く抱き締めた。今日はもう、こうして抱き締めることに躊躇いがなくなっていた。俺たちの間のハグチャレンジのギヌス記録は現在進行形で更新中である。

――気持ちはもう、固まった。

むしろ、心が逸るように鼓動がどくどくと速まっている。

まゆ子の恋愛観《れんあいかん》を聞き、自分でいろいろと考えることができた。

猿賀谷の言う、お互い知り尽くしていれば安心というのは、俺と十色には心強い言葉だ。

そして春日部《かすかべ》の努力、それが実を結ぶ瞬間を見て、俺は自分の中で何かが奮い立つような感覚を覚えた。今後何をすべきか、どうなりたいかがようやく見えてきて、道が明るく開けたような気分だった。

俺は自ずと十色の耳元で囁いていた。

「――好きだ」

十色がはっと目を見開いたのがわかった。

「えっ……？」

少し身体を離し、俺の顔を見つめてくる。

驚き交じりのその表情に、少し急すぎたかと俺は反省する。今のは雰囲気に流されすぎた。俺にとっても、思わず声に出てしまった感じだった。

それでもいいのかもしれないけれど、腐《くさ》れ縁《えん》で、気の置けない幼馴染を続けてきた俺たちだからこそ、こういうタイミングはしっかりしておきたいと俺は思った。

「――すまん、ほんとはもっと、ちゃんと伝えたい。だから、少しだけ、時間をくれないか？」

こちらを見つめる十色はまだ、目を大きくしたまま。その瞳が潤《うる》んだように、しっとりと光る。口許を少しだけ震わせ、それから唾を飲み、十色が声を絞り出す。

「うん……！」

また、俺は十色を強く抱き締めた。頭に優しく手を置いて、一度だけ髪を撫でる。今は、こうしておく以外にない気がした。

「うん、うん！」

俺の胸の中で襟元に顔を押しつけた十色が、何度も頷くのがわかった。

「待ってるね、正市」

あとがき

今、家で生活を共にしているカメがいるのですが、めちゃめちゃ懐いてて可愛いんです。

カブトニオイガメの二歳で、名前をカメくんというのですが……。

わたしが朝起きて灯りをつけると、カメくん、水槽内の自分の部屋からのそりと顔を覗かせ、ぱしゃぱしゃと泳ぎ出します。わたしが家に帰ると、ぱしゃぱしゃ。お風呂から上がって近づくと、ぱしゃぱしゃ。夜、寝る前に水槽の前を通ると、ぱしゃぱしゃ。

わたしが近づくと、水を立てて喜んでいるんですかわいい。

これを知り合いに話すと、こう言われました。

『それ、餌くれダンスだよ』

何それ、となって、さっそくググりました。

カメが、「ご飯ちょーだーい」と、水を激しくばしゃばしゃさせて、飼い主にアピールすること――が、餌くれダンスと呼ばれているとのこと。

お前エサほしかっただけなのか。

まさかと思い、餌をたくさんあげたあと様子を見ていたら、わたしが近づいても全くの無反応。自分の部屋の中でじっとしています。

お前、わたしのこと、餌くれる人間としか思ってなかったのか⁉

いやいやまさか、と。愛着を確かめるためカメとスキンシップを取ることに。手に乗せようと、甲羅を掴むため指を伸ばしたところ――勢いよく噛みつかれ食べられかけました。懐くどころか、餌くれる人どころか、餌そのものとして見られていました。あいつ……。

謝辞です。

塩かずのこ様。今回も素晴らしいイラストをありがとうございます。原稿の締め切りを乗り越えてからは、可愛いイラストが上がってくるのを待つだけのウキウキな毎日でした。

担当S様。いつも本当にお世話になっております。今作でもいろいろとお力添えいただきありがとうございました。

また、『ねもつき』はとなりのヤングジャンプ様にて、コミカライズが連載中です。現在単行本も出ています。漫画家の西島黎先生、いつもありがとうございます。

最後に読者の皆様。こんな巻末までおつき合いいただきありがとうございます。楽しんでいただけたなら幸いです。SNS見てるので、感想呟いてくれたら嬉しいです！

叶田　キズ

HJ文庫 https://firecross.jp/
1076

ねぇ、もういっそつき合っちゃう？4
幼馴染の美少女に頼まれて、カモフラ彼氏はじめました

2023年4月1日　初版発行

著者——叶田キズ

発行者—松下大介
発行所—株式会社ホビージャパン

〒151-0053
東京都渋谷区代々木2-15-8
電話　03(5304)7604（編集）
　　　03(5304)9112（営業）

印刷所——大日本印刷株式会社

装丁——coil／株式会社エストール

Printed in Japan

ISBN978-4-7986-3146-2　C0193

ファンレター、作品のご感想
お待ちしております

〒151-0053　東京都渋谷区代々木2-15-8
(株)ホビージャパン HJ文庫編集部 気付
叶田キズ 先生／塩かずのこ 先生